Heimito von Doderer
Von Figur zu Figur

HEIMITO VON DODERER

Von Figur zu Figur

Briefe an Ivar Ivask über Literatur und Kritik

Herausgegeben von
Wolfgang Fleischer und
Wendelin Schmidt-Dengler

VERLAG C. H. BECK

Die Deutsche Bibliothek – CIP-Einheitsaufnahme
Doderer, Heimito von:
Von Figur zu Figur : Briefe an Ivar Ivask über Literatur und Kritik / Heimito von Doderer. Hrsg. von Wolfgang Fleischer und Wendelin Schmidt-Dengler. – München: Beck, 1996
ISBN 3 406 40157 0
NE: Ivask, Ivar [Adressat]; Fleischer, Wolfgang [Hrsg.]

ISBN 3 406 40157 0

Satz: Fotosatz Janß, Pfungstadt
Druck und Bindung: Freiburger Graphische Betriebe, Freiburg
Gedruckt auf säurefreiem,
aus chlorfrei gebleichtem Zellstoff hergestelltem Papier
Printed in Germany

Inhalt

Vorbemerkung

Mit niemandem hat Doderer in den Zeiten des Ruhms während seiner letzten Schaffensperiode so viel korrespondiert wie mit Ivar Ivask, niemand hat sich im nicht deutschsprachigen Ausland so sehr für Doderer eingesetzt wie der 1927 im lettischen Riga geborene Literaturwissenschaftler, Übersetzer und Lyriker, der in vielen Sprachen so wie in seiner estnischen Muttersprache zu Hause war, der in Marburg Germanistik studiert und mit einer Dissertation über Hugo von Hofmannsthal promoviert hatte und später als Professor am St. Olafs College in Northfield/Minnesota und ab 1967 in Norman/Oklahoma tätig war. Hier gab er die Zeitschrift "Books Abroad" (ab 1977 "World Literature Today") heraus, worin er sich besonders um eine übersichtliche Information über Literatur aus aller Welt bemühte. Sein besonderes Interesse galt vor allem der Lyrik. Er rief 1970 den renommierten Neustadt-Preis ins Leben, sorgte für die Verbreitung von lateinamerikanischer Literatur und kümmerte sich vor allem um die so oft prekäre literarische Identität kleinerer Länder. Für viele Esten im Exil wurde er zum Inbegriff der literarischen Kontinuität ihres Landes; er schrieb Lyrik auf estnisch, aber auch auf englisch und deutsch; sein Gedichtband „Gespiegelte Erde" erschien 1967 mit einem Vorwort von Herbert Eisenreich. Lange bevor sie zu Nobelpreis-Ehren kamen, pries er Gabriel Garcia Marquez, Odysseus Elytis und Ceslaw Milosz. Das besondere Interesse des jungen Ivask galt der österreichischen Literatur, und im Jahre 1962 erschien der Band „Das Große Erbe. Aufsätze zur österreichischen Literatur" als Band 100 der Österreich-Reihe des Stiasny-Verlags, zu dem neben Ivar Ivask auch Otto Basil und

Herbert Eisenreich beigetragen hatten. Nach Doderers Tod (1966) veröffentlichte Ivask eine Sondernummer von "Books Abroad", die seinem österreichischen Freund gewidmet war.

Ivar Ivask zog sich früh vom Universitätsleben zurück, übersiedelte nach Irland, wo er im Herbst 1992 nach kurzem Leiden starb.

Die persönlichen Erinnerungen von Astrid und Ivar Ivask an Doderer wurden 1972 in dem von Xaver Schaffgotsch im Biederstein Verlag herausgegebenen Band „Erinnerungen an Heimito von Doderer" zum ersten Mal veröffentlicht. Die darin gebotenen Informationen erleichtern den Zugang zu den hier vorgelegten Briefen Doderers an Ivar Ivask und seine Frau aus den Jahren 1957 bis 1965. Diese 42 Briefe vermitteln einen guten Einblick in Doderers letzte Lebensjahre, in seine Werkstatt, in seinen Umgang mit Freunden, Kollegen und Kritikern. Zusehends wird der Ton vertrauter, zusehends wird Doderer auch offener in seinem Urteil. Mit einem Wohlwollen, das über bloße Höflichkeitsbeteuerungen hinausgeht, setzte er sich für die Gedichte des jüngeren Kollegen und anderer estnischer Lyriker ein. Er erzählt auch die Geschichte, wie er als Kolumnist einer großen Tageszeitung scheiterte, da er dieser einige „extrem avantguardistische junge Dichter" empfehlen wollte. Bekanntlich engagierte sich Doderer für die Veröffentlichung von Texten der Autoren der später so genannten „Wiener Gruppe" (H. C. Artmann, Friedrich Achleitner, Konrad Bayer, Gerhard Rühm und Oswald Wiener) im „Neuen Kurier", worauf es zu Meinungsverschiedenheiten mit der Redaktion kam (Nr. 7). Aber Doderers Engagement für den Germanisten in Übersee ist nicht selbstlos; er informiert Ivask über Rezensionen, über die Schwierigkeiten, gerade im anglophonen Bereich unterzukommen und erhofft sich nicht ohne Grund von ihm Unterstützung.

Von den Krisen Doderers während der Abfassung seiner Romane „Die Merowinger", „Die Wasserfälle von Slunj" und „Der Grenzwald“ (oft als „Roman Nr. 7/I“ bzw. „Roman Nr. 7/II“ bezeichnet) ist wenig zu spüren, auch daß er mit Albert Paris Güterslohs Roman „Sonne und Mond“ seine Freude nicht so recht haben kann, weil er sich darin in schonungsloser Karikatur als Ariovist von Wissendrum erkennen muß, teilt er dem von dem Maler, Dichter und Philosophen schwärmenden Freund nicht mit (vgl. Nr. 22). Er beklagt sich vielmehr über den schleppenden Fortgang der Publikation seiner Gütersloh-Anthologie beim Grazer Stiasny-Verlag, den er, wie manch anderen betriebsamen Verein, als „Spieltriebszentrale“ (Nr. 21, vgl. auch Nr. 17) bezeichnet. Im Unterschied zu den Tagebüchern enthalten die Briefe viel vom Alltag des Schriftstellers, von seinem Umgang, von seinen emphatisch vorgebrachten Vorlieben und seinen dezidierten Abneigungen. Die Bewunderung, die Ivask ihm entgegenbrachte, tat ihm wohl; Doderer honorierte sie auch durch ungewöhnliches Vertrauen. Der Tonfall wird ganz anders, nachdem Doderer dem „Quartett“, das aus seiner Frau Maria, Ivar, Astrid und ihm besteht, aufgetragen hat, sich zu duzen. Er beansprucht als Ältester das Vorschlagsrecht und unterschlägt dabei – vielleicht aus Höflichkeit –, daß seine Frau ein wenig älter ist als er.

Dies nur als kleiner Hinweis darauf, daß selbst in diesen Briefen nicht alles wörtlich genommen werden soll und eine leichte Skepsis angebracht ist. Doch sie bleiben trotz dieser Bedenken ein schönes Zeugnis einer vitalen Freundschaft, deren Grundlage ein Konsens über das war, was in der Literatur Gültigkeit habe und was nicht.

In seinen Erinnerungen spricht Ivar Ivask über den ersten Brief vom 7. Mai 1957 und meint, ihm seien weitere 42 gefolgt, was den Schluß nahelegt, daß es sich um 43 Briefe gehandelt haben müßte. In Ivasks Nachlaß befanden sich allerdings nur die 42 Briefe, die hier veröffentlicht wurden.

Die Texte folgen der Schreibweise des Autors; auch Inkonsequenzen in der Orthographie und Zeichensetzung wurden übernommen, lediglich die Schreibung des Datums wurde vereinheitlicht. Bei Nr. 9 wurden die estnischen Grüße mit Hilfe Astrid Ivasks ins Deutsche übersetzt.

Astrid Ivask hat auch die Briefe zum Abdruck zur Verfügung gestellt, und dafür sei ihr an dieser Stelle nochmals ganz herzlich gedankt.

Wendelin Schmidt-Dengler

Mit 2 Abbildungen: Brief vom 8. 1. 1962 (Seite 50) und Brief vom 23. 7. 1962 (Seite 52).

Astrid Ivask

Das Wiener Jahr

Es begann an seinem vierundsechzigsten Geburtstag, am 5. September 1960, dies Jahr Doderers, das wir in Wien und in seinem Kreise verbringen durften. Eigentlich beganns viel früher, dies sechziger-einundsechziger Jahr, zwischen den blauen Deckeln der „Strudlhofstiege" im fernen Staate Minnesota. Blau ist die Farbe der Schatten und der Erinnerung.

An einem schwülen Nachsommerabend war man über die Strudlhofstiege in Doderers Wohnung mit den zierlichen Möbeln und unglaublich kleinen Schreibtischlein gepilgert, von dort zu dritt über die lebensbedrohliche Nußdorfer Straße in den „Falstaff". Und nun saß man um den Wirtshaustisch in der einmaligen Dodereratmosphäre, die aus Erinnerung, Imaginärem und Lebensweisheit gemischt war. Hier wurde die Wissenschaft vom Leben zelebriert, hier saß man wie ein Boot, das vor Anker liegt, tief im Vergangenen verankert. Und es schien immer, als seien mehr Gäste anwesend als man zählen konnte – gewesene sowie nie dagewesene Gestalten. Hier wurde gefeiert. Unbeabsichtigterweise, ohne Was und Warum. Wo Doderer dabei war, da wurde immer gefeiert. Man war davongekommen, man hatte das Leben zwischen Buchdeckel gezwungen, man saß mit Freunden – das war Grund genug zum Feiern. Man feiert ja, um die Einmaligkeit, die Besonderheit eines Begebnisses hervorzuheben. Ein jedes Beisammensein mit Doderer war völlig einmalig und unvorsehbar. Ein happening also. An diesem ersten Abend von Helmut Qualtingers Stegreif-Monologen vorangetrieben, schwindligen Skurrilitätsprogressionen, die da anfangen mochten mit: „Als ich Fußwascher bei Caracalla war ..." Zu Ehren des Meisters wurde intoniert: „Sie fragen, ob ich den berühmten Schriftsteller Doderer kenne? Aber freilich, meine Gnädigste, Otto von Doderer, ein wahres Genie ..." wobei sich der anwesende falsche Doderer köstlich amüsierte. Zu gediegenerer Stunde verschwand Qualtinger hinter die Kulissen und erschien mit einer Flasche Williams Birn. Dies herbe Getränk tauchte als Leitmotiv bei späteren Doderer-Feiern auf, genau wie das Gespräch immer wieder gen Osten gravitierte, wo Doderer Entscheidendes erlebt hatte und wo unsere Heimat liegt. Er kannte und liebte das Baltikum, war als Soldat durch Narva gekommen, hatte es in seiner Liebe für uneinnehmbare mittelalterliche Festen miteinbeschlossen. Obwohl des Estnischen und Lettischen unkundig, nahm er Teil an unserm literarischen Wirken. Wenn Xaver Schaffgotsch der Tafelrunde beiwohnte – was recht oft geschah – tauchten Rußland und die sibirischen Gefangenenjahre auf. Der gesamte östliche Raum war ein Teil von Doderers frühem Grenzwalderlebnis, das in seinem ersten Roman anklingt und im letzten als unbeendeter Akkord abbricht. Ein Grundton seines Lebens vielleicht zu tief darin eingebettet, um je völlig an die Oberfläche gebracht zu werden.

Ein seltsames Jahr war es, das sechziger-einundsechziger Jahr in Wien. Der Herbst lang und milde, mit Weinbergpfirsichen, heurigen Walnüssen und Kaiserbirnen am Markt von Klosterneuburg, Konzerten der Klosterneuburger Festspiele im Freien, mit Faßlrutsch zu Leopoldi, wenn die Tage immer verhangener und düsterer werden und Wien sich nach innen kehrt, um einzelne Lichtpunkte gerinnend: um Krampus und Nikolaus, Silvester und Fasching. Mit dem Wiener Jahr wuchs ein schrittweises Eindringen in die wirkliche und die romanhafte Stadt. Nicht nur ein Gesicht hatten Strudlhofstiege, Alsergrund und Graben, sondern viele, Sonntags- und Alltagsgesichter, Herbst-, Winter- und Sommergesichter, Tag- und Nachtgesichter. Der genius loci wechselte die Masken und blieb doch derselbe. Die Durchhäuser der inneren Stadt bei einfallender Dezemberdämmerung, die Auslagen der Antiquitätenhändler bei Februarsonne. Und mal in einem Schaufenster mit alten Waffen in der Dorotheergasse, das Gesicht Doderers, der unbemerkt hinter mir stand. Die Spiegelung seines Gesichtes schwebt noch an all den Orten, die er in sein Wort hinübergerettet hat. Die Orte zerfallen, die Worte reifen nach. Das Haus zum Blauen Einhorn im Alsergrund stand kurz vor dem Schleifen. Doderer teilte unseren Kummer nicht. Er nahm die Nachricht gelassen hin und ließ sie fallen, wie man ein abgeblättertes Rosenblatt fallen läßt.

Es war für Doderer das Jahr der „Wasserfälle von Slunj" und der „Merowinger", mit deren Tun wir schritthielten, als wäre es ein Teil der neuesten Tagesereignisse. So gegen Februar hieß es, im Merowingschen Haushalt ginge es so wüst zu, daß die Beteiligten nur mehr unter Schutz von großen Schilden (die sie über ihre Häupter hielten) sich durch das Stiegenhaus zu pirschen wagten. Man lernte allmählich die persönlichen Tabus und Löblichkeiten der Dodererschen Welt kennen, die ja nur Abbreviaturen dafür sind, was in den Romanen, tiefer eingebettet und symbolisch abgewandelt, das Rüstzeug seiner Weltanschauung ausmacht. Seine Besessenheit von der menschlichen Physiognomie kommt besonders in den Merowingerschen Bärten zutage. Der Mensch trägt sein Trachten wie sein Schicksal im Gesicht. Mit schön und unschön hatte das wenig zu tun, wenn es hieß: „Man schaut nicht aus wie ..." Es gehörte eher zur Sphäre derselben Nemesis, die da dekretiert: „Man heißt nicht ..." Sein eigenes Gesicht bezeichnete Doderer gern als schiefäugig und mongolisch, auf seine ferne ungarische Abstammung hinweisend, die ihn mit Nikolaus Lenau verband. Er bekannte sich, „aus großem Hause" zu kommen, verwarf aber Leute, die sich allzusehr mit ihrer Abstammung beschäftigten, als „Herkünftler". Die Tabus waren scharf ausgeprägt und ihr Nichtbeachten konnte einem ebenso scharf verwiesen werden.

Es war das Jahr, in dem Doderer einer Bresche in den Jahresringen seines eigenen Lebens gewahr wurde. Während die Stimme, die aus seinen Werken sprach, immer kräftiger und vernehmbarer wurde, erschwächte die wirkliche Stimme immer mehr. Er schonte sich nicht. Doch im Vorfrühling des Jahres 1961 ging er auf mehrere Wochen in eine Wiener Klinik zur Behandlung. Wir fuhren hinaus, ihn zu besuchen. Gefaßt und diszipliniert wie immer, klagte er nur, daß man ihn mit dem Tagesgetue an der Arbeit an den beiden Romanen störe. Im Frühjahr kehrte die Stimme langsam zurück, blieb aber brüchig.

Wo liegt der Punkt, wo das Leben aufhört beängstigend und unberechenbar zu sein, da man als Schriftsteller es in Form umwandelt? Nirgends. Während Doderer seiner früheren Jahre Herr wurde, wuchsen in ihm die Krankheit und der Tod. Nie hat er wohl härter gerungen und ist tiefer hinabgestiegen als auf der Suche nach seinem letzten Werk, dem „Grenzwald".

In unserer Plattensammlung ist eine kleine Schallplatte, die wir nie spielen. Sie enthält das Raimund-Lied „Brüderlein fein", gesungen von Renate Holm und Hans Moser. Und das schneidet tief: „Zärtlich muß geschieden sein." Diese Zärtlichkeit dem Leben gegenüber war Doderer eigen und sie ist es, die sein Werk beseelt.

Ivar Ivask

Der Brunnen im Garten

Er war zweifellos der komplexeste Mensch, dem ich je begegnet bin. Voller erstaunlichsten Wissens und weitverzweigter, immer gegenwärtiger Erinnerungen; gerne metaphysische Abstraktionen formulierend und im anschaulichsten Detail schwelgend; irgendwie brüchig und trotzdem von unbeugsamer Willenskraft; derber Komik nie abhold und doch beseelt von der Einsicht in die grundsätzliche Tragik allen Lebens; gegen den Schriftsteller als Figur wetternd und dennoch selber faszinierendste Figur unter so vielen schemenhaften literarischen Technikern. Ich könnte noch mehr ähnliche Gegensatzpaare hinzufügen, um die Vielschichtigkeit seines Wesens anzudeuten. Er war freundlich, doch deshalb lange noch nicht leicht zugänglich. Einer seiner Essays ist betitelt „Wörtlichkeit als Kernfestung der Wirklichkeit". Wie viele hatten wohl Zugang zur eigentlichen „Kernfestung" seiner Persönlichkeit? Hofmannsthals Kaiser von China fällt mir in diesem Zusammenhang ein, der da spricht: „In der Mitte aller Dinge / Wohne ich, der Sohn des Himmels. / ... Stumm von meinen Rasenbänken, / Grünen Schemeln meiner Füße, / Gehen gleichgeteilte Ströme / Osten-, west- und süd- und nordwärts, / Meinen Garten zu bewässern, / Der die weite Erde ist." Das Reich von Doderers Romandichtung war mit dem des alten Habsburgerreiches identisch, ja ging auch darüber hinaus – nach Sibirien, England, Norwegen, Berlin, Tristan da Cunha. Welcher Art war aber der Kaiser beschaffen, der dieses Reich erfand? Doderer hat Hinweise in Form der gegensätzlichsten personae gegeben, die seine Romanwelt bevölkern und einige seiner eigenen Züge tragen: nicht nur der Historiker René Stangeler und der Journalist Kajetan von Schlaggenberg, sondern auch der Sektionsrat Geyrenhoff oder die rätselhafte Sibylle Anna Kapsreiter. Ich frage mich jedoch sogleich: führen überhaupt menschliche Gestalten in diese geheime schöpferische Mitte? Rührt seine lebenslange Beschäftigung mit Reptilien und zeitlosen Drachen nicht an noch urtümlichere Schichten? Und von ihren feuchten Höhlen ist es nur ein Schritt zum grünen Unterwasserlicht, das der Lyriker Doderer so sehr liebte, und schließlich zum feuchten Element an sich. Von den grünen Gebirgsbächen seiner Jugend in der Prein bis zum donnernden Getöse der Wasserfälle von Slunj seines Alters führt wohl das Wasser am ehesten in die Kernfestung seiner komplexen Persönlichkeit. Ist nicht vielleicht das echteste Selbstporträt des Dichters die Beschreibung der Strudlhofstiege, die herabführt zur „Plattform, wo sich ums Gewäsch und Geträtsche des Brunnens die sommerliche Einsamkeit dick sammelt, oder bis ganz unten zur Vase und zur Maske, die in eine warme stille Gasse schaut und ebenso unbegreiflich ist wie ein Lebendiges, sei sie gleich aus Stein?" Doch wie viele seiner Freunde und Bewunderer wußten um diesen einsam-stillen Brunnen inmitten der lärmenden Großstadt, diesen schlichten kleinen Garten im grünen Unterwasserlicht, der die schier unglaubliche Vielfältigkeit der dodererschen Wirklichkeit speiste und aufrechterhielt? Doderer sehnte sich vielleicht nicht nur nach dem einfachen Menschen, sondern war es bereits zutiefst selbst, obwohl er manchmal vorzog, dies zu vergessen.

Solche Einsichten kommen erst mit den Jahren, in denen sich Bekanntschaft zur Freundschaft vertieft. „Die Strudlhofstiege" erreichte mich gleich in ihrem Erscheinungsjahre 1951, öffnete sich mir jedoch nicht. Konnte scheinbar so leicht Dargebotenes im Zeitalter Kafkas wirklich gewichtig sein? Die Frage wurde überflüssig durch die Lektüre der

„Dämonen“ im Herbst 1956. Über und an den Autor schreiben war eins. Doderers erster Brief an mich ist datiert Wien, den 4. Mai 1957, dem noch weitere zweiundvierzig im Laufe der Jahre folgten. Unsere erste Begegnung fand dennoch nicht wie erwartet in Wien, sondern am 20. August 1957 um 7 Uhr abends in München, und zwar im Hotel Wolff am Hauptbahnhof statt. Warum eigentlich dieser Umweg? Weil mich Doderers diesbezüglicher zweiter Brief nicht mehr vor der Abreise nach Europa erreichte. Spannende Tage in Wien, des öfteren ergebnislos an Doderers Wohnungstür in der Währingerstraße läutend! Des Rätsels Lösung bot dann der – inzwischen gleichfalls verstorbene – Diplomat, Kritiker und Übersetzer Hanns von Winter, den ich als damaligen Herausgeber der Zeitschrift „Wort in der Zeit“ ausfindig machte: Doderer sei in Landshut bei seiner Frau. Offensichtlich war er auf direktem Weg nicht zu erreichen. Auf dem Münchner Hauptpostamt erwartete mich folgendes Telegramm: „Eintreffe München Dienstag 20. August abends halb sieben stop Erwarte Sie in der Halle des Hotel Wolff beim Hauptbahnhof stop ... Doderer.“

Wie ein gedrungener englischer Sportsmann in Tweed-Anzug mit Pumphose und Pfeife nebst Whisky-Glas trat er meiner Frau und mir entgegen. Ich war weniger überrascht als er, der einen „ehrwürdigen Gelehrten mit Bart“ erwartet hatte (welch letzteren ich mir wahrhaftig später angeschafft habe). Da ich nichts zu dozieren hatte, wurde es ganz sein Abend – weswegen ich ja aus Amerika angereist war. Die Wahl des Menüs wurde zelebriert mit dem Savoir-faire eines Major Laska: der Ober flitzte, und dahin und dorthin die Kellnerin (nach einem ermunternden Klaps des Doctor Döblinger). Wir staunten, und bald das ganze Lokal, denn hier wurde ein Mittelpunkt etabliert für diesen Abend und weit in die Nacht hinein. Aus einer zerschlissenen Aktentasche zog Doderer das Schreibbuch der „Dämonen“ hervor, in dem gleichfalls das Nachtbuch der Kaps Herberge gefunden hatte. Fast zugleich las er aber auch ein neues Gedicht H. C. Artmanns aus irgendeiner Zeitschrift vor, ihn als besonders hervorragenden jungen österreichischen Lyriker dem amerikanischen Professor empfehlend. Bei fortgeschrittener Sliwowitz-und-Cognac-Stunde (ach, mit Durstlöschungen durch edles bayerisches Bier dazwischen) erschien Doderers Verleger Gustav End und die rettende Café-Runde. Unter Doderers meisterhafter Regie wurden wir alle am Tischlein Sitzenden zu Statisten und das ganze Lokal zur Bühne. Munter wie ein Fisch verließ Doderer das Hotel und wir begleiteten ihn zum Schnellzug nach Wien. Begleiteten? Um die Wahrheit zu sagen: er stützte *großmütig* uns. So sind meine ersten Erinnerungen an ihn mit der Großstadt, einem Gelage und einer Zugabfahrt verbunden: alles sehr charakteristisch für Doderer, wird man zugeben müssen.

Näher lernte ich ihn erst während meines einjährigen Wienaufenthaltes 1960–1961 kennen, als ich ihn fast allwöchentlich besuchen durfte. Ich gedachte an einem Buch über den österreichischen Roman seit Grillparzer und Stifter zu arbeiten. Unversehens wurde daraus eine Apologie der österreichischen Literatur („Das große Erbe“, Graz 1962) und die Vorarbeit zu einem Doderer-Buch, woraus bis heute Kapitel und Fragmente erschienen sind. Vorausgegangen war diesem Wien-und-Doderer-Jahr ein estnischer Essay über sein bisheriges Werk (1956) und eine englische Besprechung der „Dämonen“ in der Zeitschrift „Books Abroad“ (Herbst 1957). Er besuchte uns in unserer Wohnung in Klosterneuburg am 28. September 1960 und trug sich als erster in unser neues Gästebuch ein:

Der erste Mann schreibt sich hier ein –
gleich muß es der Heimito sein:
der fühlt dabei sich reichlich klein.

Vertritt mit Mut, was du nicht bist,
doch einmal werden könntest, schreitend!
Wer kräftig hier entschlossen ist,
ist auch den eigenen Weg bereitend.

Meistens kam ich in die Währingerstraße am Ende seines Arbeitstages gegen fünf Uhr nachmittags. Das Gespräch begann bei Cognac in großen flachen Champagnergläsern (nebst väterlich besorgt aufgezwungenen „Schokolädchen") und wurde fortgesetzt in einem der naheliegenden Gasthäuser, in denen sich Doderer vollendet auskannte: in der „Weinperle", der „Flucht nach Ägypten", dem „Wilden Mann" oder dem „Falstaff", doch manchmal gings weiter in die innere Stadt – zum „Güldenen Drachen" oder aufs „Schanzl" in der Nähe des Kunsthistorischen Museums. (Einmal saßen wir dort im etwas kühlen Wirtshausgarten, beide mit schwarzen Hüten, und plötzlich lachte Doderer laut auf: „Wie so zwei Rabbiner sitzen wir da!") Der Kaffee wurde meist anderswo genommen, zum Beispiel im Café Brioni. Auf diese Weise blieb der angeregte Gedankenaustausch immer dem Konkreten der Gaumenfreuden und Düfte verhaftet.

Während dieses einmaligen „Winters mit Heimito" lernte ich auf der Nationalbibliothek die österreichische Literatur gründlich kennen. Selbstverständlich gehörte dazu Doderer. Ich entdeckte die damals vergriffenen Frühwerke, las die Abschrift der noch nicht erscheinenden „Tangenten" sowie spätere Tagebücher. Hieran knüpften sich Fragen und Gespräche, die von Homer bis zu Gütersloh reichten. Die eigentlichen Höhepunkte dieses so reichen Jahres kamen aber erst gegen das Ende meines Aufenthaltes. So hörten wir gemeinsam im Juni 1961 Beethovens Siebente und Achte im großen Musikvereinssaal. Ferner wurde ich erst dann für würdig befunden, jene sagenhafte Figur, Doderers Lehrer und Meister Albert Paris Gütersloh zu besuchen. (Doderers Geschenk war eine Fontane-Ausgabe, während ich Oskar Kokoschkas „Thermopyläen" überreichte.) Als symbolische Geste des Vertrauens schenkte mir Doderer in jenem Frühsommer einige Seiten aus dem Manuskript der „Dämonen", Planskizzen zu verschiedenen Romanen, Zeitungsausschnitte seiner frühen Artikel, – was alles er bei mir in Amerika sicherer aufgehoben glaubte. Mein Beitrag zum Stiasny-Bändchen „Das große Erbe“ war Ende Juli fertig und ich übergab ihn Doderer als erstem zur kritischen Lektüre. Der „Five-o'clock-tea“ am 30. Juli gipfelte in einem improvisierten Abendessen bei Doderer, von seiner gerade anwesenden Frau Maria reizend besorgt. Und meine Studie von der „Übernationalen Struktur der österreichischen Dichtung“? Mein Gott, Doderer hatte nur Vorschläge in bezug auf die Satzzeichengebung und war sonst voll des Lobes! Ich selbst stand meinem ersten Versuch viel kritischer gegenüber, doch wußte ich seine Großzügigkeit damals und auch heute zu schätzen.

Wir schienen uns ausgezeichnet zu verstehen, doch erst 1962 fiel es Doderer auf, daß wir beim Sie geblieben waren und so schrieb er plötzlich am 23. Juli: „Ich weiß nicht, welche Dämonie das Österreichische bei uns beiden derart durchkreuzte, daß wir uns bis zum Schluß Ihres Hierseins immer ‚Sie‘ sagten (auch Maria hats verwundert!). Ich führe es darauf zurück, daß unser intensiver Kontakt kein nur direkter und privater war; so konnten sich auf der unteren Ebene Gepflogenheiten festsetzen, die nach einem halben Jahre etwa begannen widersinnig zu werden. Ich bin nun der Älteste von uns Vieren – ich meine Astrid, Maria, Sie und mich. Und so nehme ich mir die Freiheit, den ganzen Unfug mit dem Ge-Sieze abzustellen, und gehe darin so weit, in meinem Vorschlag – hoffentlich schlage ich nicht zu weit vor, und eigentlich ists kein Vorschlag, sondern eher ein Dekretieren – auch Frau Astrid mit einzubeziehen.“ Auch dieser Zug gehört zur früher erwähnten Komplexität seines Wesens, zu seiner großen Freundlichkeit, die aber noch nicht wirkliche Zugänglichkeit bedeutete.

Im Sommer 1963 ergab sich die nächste Begegnung in Wien. Ich hatte meinen deutschsprachigen Gedichtband „Gespiegelte Erde“ im Manuskript beendet und Doderer tat wirklich alles, um mir zu einem deutschen Verleger zu verhelfen. Selbst sein persönlicher Besuch beim Carl Hanser Verlag in München blieb jedoch ohne Erfolg, da meine Verse dort etwas unmodern erschienen. Nun, das war kaum Doderers Schuld. (Das Bändchen ist 1967 und ausgerechnet bei Doderers zweitem Verleger Frederick Ungar erschienen, der in den dreißiger Jahren von Wien nach New York umgesiedelt war.) Ich durfte die „Wasserfälle von Slunj" in den Korrekturfahnen lesen, die mir dann großzügig zusammen mit verschiedenen Kompositionsskizzen zu diesem Roman geschenkt wurden.

Zwei Wochen im Juli 1965 bildeten den „Letzten Sommer mit Heimito" für mich. Es gab mehrere Begegnungen im Freundeskreis, doch als völlig unverwechselbar hat sich meinem Gedächtnis ein Nachmittag und Abend eingeprägt, der mir Doderer sozusagen mit weit geöffnetem Visier zeigte – einsam, traurig und ungeheuer verletzbar. Ich holte ihn gegen vier Uhr von seiner Wohnung ab. Er war anfangs finster verschlossen, kurz angebunden, doch dann begann er während der Tramwayfahrt nach Grinzing Anekdoten aus seiner sibirischen Gefangenenzeit zu erzählen (im Zusammenhang mit seiner Arbeit im zweiten Teil von „Roman Nr. 7"). Als wir in Grinzing auf den Omnibus warteten, um auf den Cobenzl hinaufzufahren, war er in allerbester Form. Er freute sich über den Fahrplan, der besagte, daß man abführe, sobald genügend Fahrgäste da seien. Die Definition von „genügend" blieb dabei natürlich auf recht austriakische Weise dem Fahrer überlassen! Als wir endlich im Saal des Restaurants Cobenzl saßen, mit einem weitausgreifenden Blick auf Wien, kam die frühere Verdüsterung wieder über ihn. Er erzählte ausführlich, wie lange und wie schwer es für ihn gewesen sei, einen richtigen Verleger zu finden, über seine Feinde an deutschen Universitäten und anderes. Zu Fuß gingen wir den Weinbergpfad hinunter, der in die Himmelstraße übergeht und wieder nach Grinzing zurückführt. Wer konnte damals ahnen, daß bereits ein Jahr später er auf dem Grinzinger

Friedhof ruhen würde? Wir entschieden uns, noch nicht in die Stadt zurückzufahren und traten in eine der nahen Heurigenschenken ein. Wir gerieten dabei in eine lärmende, gröhlende Gesellschaft. Vielleicht wurde dadurch das Gefühl seiner, unserer Einsamkeit erst recht erhöht. Bei Heurigem, Landbrot, Brimsen und Käse mußten wir bald einander ins Ohr reden, um uns überhaupt zu verständigen. Zu meinem maßlosen Erstaunen stellte Doderer bei diesem Gespräch den Lyriker viel höher als den Epiker, obwohl ich das genaue Gegenteil seinen bisherigen essayistischen Äußerungen entnommen hatte. Auf mein lautes Protestieren hin erläuterte er, daß der Lyriker ja zum Beispiel in ein paar Strophen über Wien alles sagen könne, wozu ein Epiker etwa tausend Seiten brauche. Noch nie zuvor hatte ich Doderer so offen und vertrauend erlebt, denn das Gespräch glitt dauernd vom Literarischen ins höchst Persönliche ab. Erst gegen elf Uhr kehrten wir heim. Nächsten Tages berichtete Doderer meiner Frau von unserem sechsstündigen Gespräch, welches sich so natürlich ergeben und nie Ermüdungszeichen aufgewiesen habe. Mich erschütterte dieses Gespräch, denn es schien irgendwie mehr als nur ein zeitweiliger Abschied bis zum Wiedersehen vielleicht schon im nächsten Sommer. Ob er es wohl ahnte? Auf jeden Fall erlaubte er mir damals einen Blick in jene geheime Mitte seines Wesens, wo der einsame Brunnen im sommerlichen Garten mit sich selber spricht.

Heimito von Doderer

Briefe an Ivar Ivask über Literatur und Kritik

I

Wien, 4. Mai 1957

Sehr geehrter Herr Professor,
Briefe, die über den Ozean kommen, sind mir immer eine besondere Freude, und wenn diese dann noch so kluge und verständnisvolle Bemerkungen über meine Bücher enthalten wie der Ihre, doppelter Gewinn.

Ihren estnischen Aufsatz kann ich ja leider nicht so schnell übersetzt bekommen, aber ich fand mich darin fein zitiert und in der ehrenden Gesellschaft grosser Namen.

So wird es mir ein Vergnügen bereiten, Sie im August hier in Wien begrüssen zu können und Ihnen soweit es mir möglich ist, bei Ihrer Sache behilflich zu sein. Gerne werde ich mich mit Ihnen über Roy Pascal unterhalten, umsomehr als es mich ganz besonders interessiert über das Versagen des Realismus in der deutschen Literatur neue Standpunkte kennen zu lernen.

Ich erbitte mir Näheres über das Datum Ihres Erscheinens in Wien und bin mit herzlichen Grüssen

Ihr ergebener Heimito Doderer

2

Wien, 20. Juni 1957

Sehr geehrter Herr Professor!

Wenn Sie mir im Juli schreiben, so richten Sie doch bitte Ihren Brief nach Landshut-Berg, Tal Josaphat 2 in Bayern, Deutschland. Im August bin ich dann wieder in Wien. Es wäre mir jedoch sehr lieb, den Termin Ihres Aufenthaltes hier rechtzeitig zu erfahren.

Mit herzlichen Grüssen Ihr sehr ergebener

Heimito von Doderer

3

Landshut, 17. August 1957

EINTREFFE MUENCHEN DIENSTAG 20 AUGUST ABENDS HALB SIEBEN STOP ERWARTE SIE IN DER HALLE DES HOTEL WOLF BEIM HAUPTBAHNHOF STOP WENN IHNEN ZU DIESER ZEIT NICHT MOEGLICH DANN ERBITTE ANRUF LANDSHUT 3670 MONTAG AB 6 UHR ABENDS = DODERER +

4

Wien, 17. September 1957

An
Herrn
Prof. Ivar Ivask
St. Olaf College,
Northfield, Minn.

Lieber Herr Professor!
Ihren gescheiten und wunderbaren Aufsatz mit herzlichem Dank endlich zurück! Es hat so lange gedauert, weil ich die von Ihnen so ausgezeichnet übersetzten Stellen aus der „Strudlhofstiege“ und den „Erleuchteten Fenstern“ für mich habe abschreiben lassen.

Es ist natürlich für einen Autor eine sehr grosse Freude sich so geehrt und erkannt zu fühlen und noch dazu als führend für den ganzen deutschen Sprachraum! Das ist nicht nur beglückend für den Autor als Person, sondern als Österreicher, der er mit ganzer Überzeugung ja eben ist.

In „The Times Literary Supplement“ ist ein Artikel mit einer ähnlichen Würdigung Österreichs, das heisst seiner Gegenwartsliteratur und meines Werks erschienen, der sich allerdings, journalistisch und ohne Tiefgang wie er ist, mit Ihrer Untersuchung und Ihrem liebevollen Eingehen auf die so wichtigen Einzelheiten nicht messen kann.

Ich danke Ihnen auch für Ihren reizenden Brief und hoffe sehr, dass Sie inzwischen mit Ihrer lieben Frau Gemahlin glücklich wieder zuhause gelandet sind.

Herzlichst Ihr Heimito von Doderer

5

Wien, 21. März 1958

Sehr verehrter, sehr lieber Herr Professor!

Nun bin ich endlich so weit: das, was ich Ihnen in mehreren begonnenen und nicht abgeschlossenen Briefen sagen wollte, liegt nun besser zusammengefasst und gegliedert, und dadurch auch etwas kürzer, in dieser Rede vor, die ich Ihnen hiemit freundschaftlich unterbreite. Sie möge den grossen Hiatus ausfüllen und überbrücken, der so lange in unserer Korrespondenz gegähnt hat. Ich werde diese Rede vor der germanistischen Sachvereinigung der Sorbonne halten. „Der Teufel hiets gern unterstanden" könnte ich in der Sprache des 15. Jahrhunderts sagen, denn vor acht Tagen, mitten in dem Bestreben vor dieser Reise nach Frankreich, Deutschland und in die Schweiz noch alles Rückständige zu erledigen, bin ich stattdessen erkrankt und eine Woche im Fieber gelegen. Aber nun geht's wieder.

Ganz besonders möchte ich Ihnen noch danken für die Übersendung der großen Studie von Oras (Florida) über die esthnischen Dichter, der ein Bild von Maria Under vorangestellt ist, welche dem großen Kokoschka zu einem so starken Erlebnis wurde. Die Landschaft dieser ganzen Literatur ist tief anziehend, und ich muss der Tage gedenken, da ich diese landschaftliche Atmosphäre nach dem glücklichen Verlassen Rußlands im August 1920 kennen lernte.

Wenn auch die Arbeit von Oras nur einen knappen Überblick darstellt, so schwebt selbst dies für mich vor jenen grünen Buchten, dem welligen Land mit den blauen Holzhäuschen, den uralten gewaltigen Burgen: ein eingesprengtes Jenseits im Diesseits, nicht deutsch, nicht russisch, östlich aber durchaus europäisch, süßer Schwermut voll. Ich fuhr dort mit einem kleinen Schiff die Narowa hinab.

Ich hoffe Sie befinden sich recht wohl, ebenso Ihre liebe Frau, die ich Sie vielmals zu grüßen bitte. Meine beigefügte

Darstellung ist freilich auch nur eine zusammenfassende, nur ein Überblick; immerhin ein systematischer.

Es grüßt Sie, Herr Professor, recht herzlich stets der Ihre

Heimito von Doderer

6

Wien, 25. November 1958.

Lieber, sehr verehrter Herr Professor,

Eben habe ich Ihren hochgeschätzten Brief erhalten; und im Sommer erhielt ich auch Ihre und Ihrer werten Frau Gemahlin reizenden Grüße aus dem archaischen Finnland. Denken Sie, Herr Professor, im Frühjahr, im April, werde ich selbst in Helsinki sein, um dort im Rahmen einer Österreichischen Woche zu lesen, anschließend wahrscheinlich in Schweden. – Was „Ein Mord den jeder begeht" betrifft – das Buch ist in Deutschland fast eine Art Bestseller geworden – so muß ich mich eigentlich ganz derjenigen Ansicht anschließen, welche Sie brieflich noch vor dem Sommer geäußert haben. Für mich bedeutet (biographisch) dieses Werk nur eine blanke Bereitstellung technischer Mittel, welche dann ganz anderen Zwekken zu dienen hatten. In der Anthologie „Jahresring 1958/59" (Deutsche Verlagsanstalt Stuttgart) findet sich der vollständige Text jener Rede abgedruckt, die ich im Frühjahr zu Paris gehalten habe. Das Manuskript davon befindet sich in Ihrem Besitz. Es steht gewiss nicht im direkten Widerspruche zu der Praxis von „Ein Mord den jeder begeht", aber es zeigt, da ja inzwischen die beiden großen Romane entstanden waren, doch wesentlich andere Aspekte. Alles dies scheint mir genug Beleg für die Richtigkeit Ihrer Ansicht bezüglich „Ein Mord ...". Was nun jene Theorie des Romans betrifft, wie ich sie in Paris vortrug, so werde ich nächstes Jahr wahrscheinlich in erweiterter Weise und in Buchform noch einmal auf das Thema kommen. Zwischen „Strudlhofstiege“ und „Dämonen“ übrigens entstand eine knappe novellistische Form. Ihr Repräsentant („Die Posaunen von Jericho“) ist jetzt in der Schweiz erschienen und ich sende Ihnen dies mit normaler Post zu, so daß es wohl erst einige Zeit nach diesem Luftpostbrief bei Ihnen einlangen wird. Inzwischen ist ein Lektor von Alfred A. Knopf in New York, Herr Robert Pick, hier bei mir in Wien gewesen, und zeigte sich sehr ängstlich und besorgt darüber, daß ich eine Novelle in englischer Übersetzung in einer amerikanischen Monatsschrift noch vor Erscheinen der „Dämonen“ veröffentlichen will. Warum ihm dies nicht recht zu passen scheint, ist mir eigentlich nicht klar. Die von Ihrer verehrten Gemahlin geschaffene Übersetzung des „Kratki-Baschik“ ist so vorzüglich, daß ich ohne weiteres bereit wäre, sie zu autorisieren. Ich werde also Herrn Pick in dieser Angelegenheit noch einmal schreiben.

Es wäre im höchsten Grade erfreulich, wenn Sie für nächstes Jahr ein Stipendium für Wien bekommen könnten, um hier Ihre literarhistorischen Pläne zu verwirklichen. Ich bitte Sie, lieber Herr Professor, für diesen Fall dringend, mich von Ihren Reiseplänen rechtzeitig im Vorhinein wissen zu lassen, damit ich auch wirklich zur Zeit in Wien bin; es besteht ja wohl, wenn Sie das Stipendium erlangen, begründete Hoffnung, daß wir Sie und hoffentlich auch Ihre Gemahlin länger hier haben werden.

Das Jahr 1957 brachte Ihren großen Aufsatz über „Die Dämonen“ in „Books abroad“. Heuer sind – wenn man von journalistischen Publikationen absieht – zwei gewichtige Arbeiten über mich erschienen; und zwar von H. M. Waidson in „German Life and Letters“ New Series, Volume 11, April 1958 und von Margaret Contini in „L'Approdo Letterario“ Rivista trimestrale di lettere e arti N. 3 (nuova serie) Anno IV. Luglio Settembre 1958. – Vielleicht könnten Sie, lieber Herr Professor, die betreffenden Nummern dieser beiden Zeitschriften bei Gelegenheit einsehen.

Über Pasternak später. Mir kommt es begreiflicherweise auf technische Dinge an und hierin liegt meines Erachtens die eigentliche Verwandtschaft und Nichtverwandtschaft zwischen Künstlern. Wenn ich das Werk ganz gelesen haben werde, will ich Ihnen meinen Eindruck davon offerieren.

Es grüßt Sie, verehrter Herr Professor und Ihre werte Frau Gemahlin in herzlicher Verbundenheit

Ihr stets ergebener Heimito von Doderer

7

[ohne Datum]

Lieber, sehr verehrter Herr Professor!
Eben Ihren lieben Brief vom 28. November erhalten! Sie fragen nach der Übersetzung der „Dämonen". Es ist das Ehepaar Winston. Der englische Titel des Werks ist mir noch nicht bekannt, ebensowenig in wieviel Bänden es erscheinen wird. –

Ich bin so glücklich darüber, daß Sie meine vorhabende Frühjahrsreise nach Helsinki begrüßen. Vielleicht komme ich sogar auch nach Schweden und zu einer Begegnung mit Maria Under.

Was die ausgezeichnete Übersetzung des Kratki Baschik ins Englische betrifft, welche aus der Feder Ihrer verehrten Frau Gemahlin stammt, so werde ich doch trachten, mich mit Herrn Pick (Verlag A. A. Knopf in N. Y.) zu einigen, damit diese Arbeit möglichst bald erscheinen könne.

Nun zum Wichtigsten: Natürlich habe ich Ihre Gedichte erhalten, mehr als das: ich habe sie auch ganz genau gelesen, und sie liegen hier vor mir. Es hatte damals damit eine besondere Bewandtnis. Ich redigierte zu jener Zeit die Literaturseite der am meisten verbreiteten österreichischen Tageszeitung, des „Neuen Kurier". Sogleich nach Erhalt Ihrer Gedichte – auf die ich noch weiter unten kritisch zurückkomme – arbeitete ich eine Zusammenstellung aus, die, von persönlichen landschaftlichen Erinnerungen an Estland eingeleitet, einen Extrakt Ihres Essays über Maria Under, ein Gedicht der genannten Meisterin in deutscher Sprache, und sodann drei Ihrer Gedichte darbieten sollte und zwar die folgenden Arbeiten: „Kriegerische Variationen",. „Für Oskar Kokoschka", „Südesthnische Landschaft". Diese drei Gedichte schienen mir besonders geeignet, Sie als Lyriker zu präsentieren; zugleich auch auf den so bemerkenswerten Umstand hinzuweisen, daß eine Produktion, die unmittelbar und legitim aus der esthnischen Landschaft kommt, auch in deutscher Sprache ihren Ausdruck finden kann. So weit, so gut. Aber eben um diese Zeit wollten sich einige extrem avantguardistische junge Dichter auf einer meiner Literaturseiten vereinigt bringen. Hier kam es zu Meinungsverschiedenheiten zwischen der Redaktion und mir, und da ich keine Konzessionen machen wollte, blieb mir nichts anderes übrig als mich zurückzuziehen. Merkwürdig genug aber: fast gleichzeitig mit dem Einlangen Ihres letzten Briefes, trat die Redaktion des Blattes – es war gestern – an mich heran und ersuchte mich um einen neuerlichen Kontakt. Ich werde bald mit dem Chefredakteur verhandeln. Sollte das zu einem positiven Ergebnis führen – was ich allerdings für nicht unbedingt wahrscheinlich halte – so würde meine nächste Literaturseite auf die beschriebene Weise Ihrer esthnischen Heimat gewidmet sein.

Nun aber zu Ihrer Lyrik im Besonderen. Ich wählte die drei Gedichte aus den mir zugänglichen siebzehn gerade deshalb aus, weil sich diese Arbeiten – und das ist das Schicksal einiger weniger lyrischer Dichter unserer Zeit – an der haarfeinen Grenze zwischen noch tragender rhythmischer und melodischer Substanz und den Abstürzen in jene Auflösung halten, welche unsere dichterische Avantguarde verschlingt und vordem schon einen Arp und einen Schwitters verschlungen hat. Ich maße mir nicht die Funktionen einer Pythia an, ich zitiere nur in diesem Zusammenhange einen denkwürdigen Satz von A. P. Gütersloh: „Die Größe eines Künstlers mißt sich an seiner Überwindung der jeweiligen Modernität." Ich halte für möglich und möchte es wünschen, daß Ihnen eine Überwindung dieser Art geschenkt sei. Ihre Verse verraten ein eklatantes Talent. Das ist natürlich immer auch eine Gefahr.

Ich hatte eigentlich die schlimme Absicht, Sie mit der Publikation jener drei Gedichte zu überraschen – ohne vorher zu fragen. Nun will ich meine Frage pflichtschuldigst nachholen. Und ich hoffe von Herzen, daß Sie gegebenenfalls nichts dagegen haben möchten. (Hiezu noch: Den Under-Text entnahm ich der Zeitschrift Mana 2, welche Sie mir sandten – selbstverständlich würde ich den Übersetzer Ants Oras nennen.)

Ich bin noch immer mit der Redaktion der „Tangenten" beschäftigt; das Manuskript wird 800 Seiten Maschinschrift haben, hoffentlich gelingt es mir in absehbarer Zeit es druckfertig zu machen. Zum Teil muß es – bei meiner winzigen Schrift keine Kleinigkeit! – aus mehr oder weniger großen Notizbüchern, die ich im Kriege in meiner Kartentasche am Leibriemen trug, herausgezogen werden.

So viel für heute; und nochmals vielen herzlichen Dank für Ihren lieben Brief!

Es grüßt Sie und Ihre Gemahlin in freundschaftlichster Verbundenheit stets der Ihre Heimito von Doderer

8

Wien, 12. Juli 1959

Lieber Herr Ivask!
Sehr danke ich Ihnen für Ihren Brief vom 27. Juni. Nachdem sich die Verwertung des auf Maria Under und auf Ihre eigene Lyrik bezüglichen Materials nicht realisiert hat, (Mein Ausscheiden aus der Zeitung wegen Wechsel in der Chefredaktion), habe ich dennoch alles in der Hand behalten, weil ich eine neue Möglichkeit ins Auge fasse.

Ich freue mich, daß meine Bücher bei Ihnen gut eingetroffen sind. Es ist sehr richtig, daß in meinen „Grundlagen und Funktion des Romans" gar nicht wenig Momentaufnahmen von Gesprächen zwischen Ihnen und mir konserviert sind, gleichsam wie die Insekten im Bernstein.

Ihr lieber Brief enthält Weiteres über esthnische Lyrik (Ukumarisch). Wenn es mir möglich sein sollte, Raum für eine Repräsentation esthnischer Lyrik, auch solcher in deutscher Sprache, jedoch auch unbedingt diejenigen Gedichte, welche Sie auf esthnisch geschrieben haben (in deutscher Sprache) zu schaffen, werde ich noch weitere Spezimina aus dem Esthnischen ins Deutsche von Ihnen erbitten.

Was den Biedersteinverlag betrifft, so halte ich diesen nicht für einen Verlag, in welchem man Lyrik publizieren könnte. Er ist als reiner Roman-Verlag anzusprechen.

In stets freundschaftlicher Gesinnung wünsche ich Ihnen alles Gute für Ihre Urwaldklausur!

Sehr verehrte liebe gnädige Frau!
Ich bin überaus glücklich, daß der Verlag Knopf in New York Ihre hervorragende Übersetzung approbiert und nichts dagegen einzuwenden hat. Ich danke Ihnen vom Herzen für die Übersendung der endgültigen Fassung. Ich halte diese Übersetzung für ganz ausgezeichnet.

Mit sehr ergebenem Handkuß stets der Ihre

Heimito von Doderer

9

[Postkarte nach Northfield]

Frankfurt, 22. Juli 1959

Glücklich begegne ich der verehrten Dichterin bei einer Party in Frankfurt und grüße Sie und Frau Astrid von Herzen!

Heimito Doderer

22. Juli 59

Maria v. Doderer

Ihr Lieben! v. D. ist großartig!

Marunder A. Adson

Herzliche Grüße A. Aspel

[unleserlich] Aleksis

Es grüßt Otto A. Webermann

10

Landshut, 19. August 1959

Sehr verehrter, lieber Herr Professor!

Vielleicht haben Sie eine Karte schon bekommen, welche Marie Under mit mir gemeinsam an Sie geschrieben hat. Es war eine große Ehre und Freude für mich. Ich hatte das Glück, der Dichterin auf dem PEN Kongress in Frankfurt zu begegnen. Inzwischen ist ein umfangreiches Material über Estland und estnische Literatur bei mir eingelangt, teils aus Ihrer Feder, teils aus der des Dichters ANTS ORAS. Ich danke Ihnen dafür auf's herzlichste! Es besteht nun bei mir folgende Absicht: Da ich meiner Literaturrubrik in einer großen Tageszeitung, wie Sie wissen, verlustig gegangen bin, habe ich die Absicht gefaßt, in einer österreichischen literarischen Monats-Revue einen repräsentierenden Aufsatz über estnische Dichtung der Gegenwart zu veranlassen oder selbst zu verfassen, und zwar mit besonderer Berücksichtigung der Lyrik. Sobald die Sache perfekt wird, gebe ich Ihnen Nachricht, und werde sodann noch etwa mir fehlendes Material von Ihnen erbitten. Ihre Lyrik in deutscher Sprache habe ich; jedoch gibt es, wenn ich nicht irre, auch Lyrik von Ihnen, welche in estnischer Sprache verfaßt und dann erst ins Deutsche übertragen worden ist. Von M. Under habe ich einiges deutsch, und nunmehr durch ihre Freundlichkeit auch eine Sammlung in englischer Sprache. Vielleicht wäre da noch einiges deutsch zu haben. Über die Gesamtsituation Estlands orientiert mich Ihr großer Aufsatz, über die estnische Literatur die umfangreiche Arbeit von ANTS ORAS. Ich verfüge also doch schon über ein beachtliches Material.

Ich werde mir erlauben Sie sofort zu verständigen, wenn die Sache zustande kommt. Anfangs September werde ich nach Wien fahren und mich dort ehestens mit Professor Dr. Rudolf Henz, dem Herausgeber von „Wort in der Zeit“, wegen dieser Sache in Verbindung setzen.

Es begrüßt Sie und Ihre liebe Frau Gemahlin freundschaftlich und herzlich

Ihr stets ergebener Heimito von Doderer

PS! Ich hoffe, Sie haben inzwischen „Grundlagen und Funktion des Romans“ erhalten, eine Arbeit, bei welcher Sie mich außerordentlich unterstützt haben durch die Übersendung der beiden Bücher F. R. Leavis! Vielen Dank!

11

Landshut, 26. Oktober 1959

Sehr geehrter, lieber Herr Professor!

Das sind ja ausgezeichnete Nachrichten! Selbstverständlich werde ich in Wien nicht verfehlen mich mit Sektionsrat Dr. Brunmayr bei nächster Gelegenheit in Ihrem Sinne zu unterhalten. Die Chance, Sie und Ihre verehrte Gemahlin, nach Wien zu kriegen, muß aus allen Kräften gefördert werden.

In Wien möchte ich mich auch mit Professor Rudolf Henz über einen großen Artikel zur esthnischen Lyrik unterhalten, den ich in der von ihm herausgegebenen Monatsschrift „Wort in der Zeit" publizieren möchte. Für den Fall, daß Professor Henz zustimmt, werde ich mich an Sie um weitere Texte wenden.

Daß Pasternak über Ihre Lyrik fast wörtlich ebenso wie ich urteilt, ist sehr merkwürdig. Meine „Dämonen" werde ich ihm gewiß nicht schicken, denn man kann niemandem ein so entsetzlich dickes Buch zumuten, der nicht von selbst darauf verfällt.

Ich werde mir selbstverständlich von Herder in Freiburg die Under-Auswahl kommen lassen, obwohl, was Sie über diese Edition sagen, nicht besonders empfehlend ist.

Ich muß am 29. Oktober von München nach Rom fahren, um am 30. dort zu lesen; ab 12. November werde ich wieder in Wien sein.

Mit den ergebensten Empfehlungen an Ihre liebe Frau und den allerherzlichsten Grüßen

stets der Ihre Heimito Doderer

12

Wien, 30. März 1960

Sehr geehrter lieber Herr Professor!
Herzlichen Dank für Ihren liebenswürdigen Brief. Sie fragen mich nach dem Erscheinen der englischen Dämonen – ich denke, daß sie heuer noch herauskommen werden, bin aber über den genauen Termin nicht im Bilde. Meine Tagebücher „Tangenten" sind so umfangreich, daß sie aus verlagstechnischen Gründen erst im nächsten Herbst aufliegen werden.

Mit Professor Henz hatte ich eine Unterredung bezüglich eines großen Aufsatzes über esthnische Lyrik mit Proben. Ich werde hier unter esthnischer Lyrik nicht nur solche in esthnischer Sprache verstehen, die ich in deutscher Sprache wiederzugeben gedenke (z. B. Marie Under), sondern auch Werke esthnischer Dichter, die in deutscher Sprache verfasst wurden. Dabei gedenke ich in erster Linie mehrere Proben Ihres lyrischen Schaffens anzuführen, und bitte Sie, mir die Auswahl der Stücke vertrauensvoll überlassen zu wollen. Aus diesem Grunde möchte ich nicht einzelne Teile Ihres lyrischen Werkes im „Wort in der Zeit" vorher abgedruckt haben.

Ihrer lieben verehrten Frau Gemahlin sagen Sie bitte meine allerbesten Grüße und vor allem meinen innigsten Dank für die mir ja bekannte ausgezeichnete Übertragung des Kratki-Baschik. Ihre Nachricht, daß diese im Sommer im Literary Review, New Jersey erscheinen wird, hat mir besondere Freude bereitet.

Auch ich sage Ihnen, wenn auch etwas verspätet, meine innigsten Segenswünsche für das nun schon vorgeschrittene Jahr 1960. Ab 1. September werde ich in Wien sein und ich freue mich schon jetzt auf Ihre Ankunft.

Mit den allerherzlichsten Grüßen
Ihr sehr ergebener Heimito von Doderer

13

Wien, 16. April 1960

Lieber, verehrter Herr Professor!

Haben Sie vielen und herzlichen Dank für Ihren Brief vom 4. April. Insbesonders für die biographischen Hinweise zur Veröffentlichung estnischer Lyrik. Gleichzeitig möcht ich mir erlauben, Ihnen einen grundsätzlichen Essay von mir über „Die Ortung des Kritikers" zu überreichen. Ich bin mit den

allerherzlichsten Grüßen stets der Ihre

Heimito von Doderer

14

12. September 1960

Sehr geehrter, lieber Herr Professor, hier möchte ich Ihrer lieben verehrten Frau und Ihnen nochmals und sehr lebhaft danken für das schöne Geschenk, welches Sie mir übersandt haben, die Übersicht über das Werk Eduard Viiralt's nämlich. Es hat das Betrachten dieser ungewöhnlich starken meisterlichen Graphiken mich (und auch einen befreundeten Maler) sehr nachhaltig berührt. Heute, wo uns der unruhige Vorhang „gegenstandsfreier" Kunst von den großen Meistern trennt, die vordem gelebt haben, tritt Viiralt, der erst vor sechs Jahren gestorben ist, schon in eine erlauchte Gesellschaft, die viele Male älter ist, als ein einzelnes Leben. Das ist der Effekt heutiger Zustände – die ich nicht für dauernd halten kann! – confrontiert mit Leben, das eben noch, gestern noch war! – Ich danke Ihnen beiden nochmals und hoffe auf ein baldiges Wiedersehen!

Stets der Ihre Heimito Doderer

15

Landshut, 21. März 1961

Hochwohlgeboren Herrn Prof. Dr. Ivar und Frau Astrid Ivacek
Klosterneuburg bei Wien
Virabogasse 9
Wohnung 10
Aufeldsiedlung

Sehr verehrte, liebe gnädige Frau! Vielen herzlichen Dank für Ihren charmanten Gruss! Dass Sie und Ihr lieber Mann zu Österreichern ernannt worden sind, freut mich ganz ausserordentlich; ich habe, für meinen Teil, diese Ernennung (auf dem Umschlage) noch etwas mehr herausgeschärft! Doch sei uns allen dreien trotzdem jeder nationale Chauvinismus ferne, schon deshalb, weil die österreichische Nationalität ein Fleckerl-Teppich aus zahllosen Völkern ist und, wie Ihr Beispiel zeigt, durch Ernennung erworben werden kann. Auf Wiedersehen ab 7. April in Wien. Mir geht es besser! Mit den allerherzlichsten Grüßen stets Ihr Heimito Doderer

p. s. meine Frau erwidert herzlich Ihre Grüße!

16

Wien, 12. Oktober 1961

Sehr lieber, verehrter Freund! Große Freude über Ihren Brief! Und große Freude hatten Maria und ich auch über Ihre und Frau Astrids Grüße noch von Asturischer Erde. Nicht lange nach Ihrer Abreise ist von der Spieltriebs-Zentrale der beiliegende Brief eingetroffen. Es geht alles in Ordnung. Die Correcturen werde ich postwendend erledigen, sobald sie einlangen. Heute ist auch der von Ihnen abgesandte Ausschnitt aus NJ Times eingelangt, mit dem Aufsatz von Morton. Beachtlich. Quapp als one of those „sweet Viennese girls“ we find in Schnitzlers plays – seltsam. Daran aber fühl' ich mich ganz unschuldig. ~ Inzwischen ist „The Literary Review“ gekommen, mit Frau Astrid's herrlicher Übersetzung und dem ausgezeichnet instruktiven Kurz-Essay, der gerade die richtigen Citate auch bringt (Waidson und Hamburger). Ich kann Ihrer lieben Frau nicht genug danken. Dies scheint mir wahrhaft zur rechten Zeit erschienen! Zur rechten Zeit auch ist die Cotta'sche, wirklich prachtvolle Lenau-Ausgabe eingetroffen. Ich danke Ihnen von Herzen! Durch dieses Ihr schönes Geschenk werde ich jetzt meinen Urgroßonkel als Dichter kennen lernen; ebenso wie ich durch Sie Ferdinand von Saar kennen gelernt habe. ~ Ich gratuliere zum vollzogenen Umzug und zu den neuen Bücherbrettern, auf denen die Österreicher stehen. Ein gutes Gefühl für mich, zwei so gründliche Kenner und wirkliche Liebhaber Austriakiens dort drüben zu wissen: hoffentlich werden Sie nie vergessen, dass Sie einst, wenn auch nur vorübergehend, Ivasek hießen!

Der doppelte Vierzeiler „Stürmischer Garten“ gehört zu Ihren besten Arbeiten deshalb, weil die Geschlossenheit perfekt ist bei diesem Gebilde, dessen Reimlosigkeit ich als vom Gegenstande her postuliert empfinde. Sonst kein Verächter des Reimes, haben Sie ihn doch hier instinktiv beiseite gelassen, und mit diesem Verhalten den Wert des Werkes begründet. Es sieht immer halb wie Glück aus, aber es ist doch Wissen, was uns, oft im letzten Augenblick, vor einem Verfehlen in der Kunst bewahrt. So auch hier. Dieses Gedicht ist mit Endreimen undenkbar.

Eben erzählte ich (telephonisch nach Landshut) meiner Maria von dem Gedicht und Frau Astrid's und Ihren Grüßen, die sie auf's allerherzlichste erwidert! ~ Meine Fahrt hinüber werde ich wohl im Indian Summer 62 antreten (wie

Sie mir rieten, weil da die Universitäten angehen und noch keine Prüfungs-Sorgen herrschen). Jetzt, noch in diesem Jahre, laufen die Merowinger aus. Dann R7/II.

Empfehlen Sie mich Frau Astrid mit ganz ergebenem Handkuss! Und seien Sie umarmt und allerherzlichst in Freundschaft gegrüßt von Ihrem getreuen

Heimito Doderer

p. s. Sie wussten mir eine bessere Fassung für Take it easy! Ich hab's wo notiert, kann's nicht finden, und wäre sehr dankbar, wenn Sie mir's gelegentlich schreiben wollten!

17

Wien, November 1961

Sehr lieber und werter Freund,
von der Füllfeder muss ich ein wenig Urlaub nehmen, weil es sonst zu viel wird – daher die Maschinschrift. Ihre beiden inhaltsreichen Briefe vom 18. Oktober und 11. November erfordern eine gründliche Antwort.

Mit der amerikanischen Kritik sind Sie unzufrieden. Ich finde, die Kritik dort drüben ist offenbar so wie überall, vielleicht sogar um ein paar Grade besser. Über Leute wie Steiner ist kein Wort zu verlieren, das gehört in die gleiche Lade wie Hermann Kesten etc., also überhaupt nicht zur Literatur. Was „Time" betrifft, hab' ich nichts besseres erwartet – nach einem Interview, das ich hier in Wien erlebte. Man schickte mir ein total ungebildetes und unfähiges Frauenzimmer auf den Hals, welche mir die allerdümmsten Fragen stellte, und der ich sehr bald dahinter kam, dass sie von nichts eine Ahnung hatte, und zum Beispiel Namen wie Joyce, Proust, Musil (von mir) zum ersten Mal in ihrem Leben hörte. Nicht viel anders war die Gattin des Wiener Redacteurs von „Time", die sich leider auch mit der Sache zu befassen schien. Beide Damen Wienerinnen. Diese zwei also schmierten und pappten dann das Zeug zusammen, welches Sie kennen. Es scheint, dass sich Mr. Farensworth selbst – so heisst der Wiener Redakteur von „Time“, wenig mit der Sache befasst hat, aber es schien ihm eilig damit zu sein. Er ist wohl in erster Linie politischer und wirtschaftlicher Redakteur und überlässt anderes den beschriebenen Damen. Danach sieht es denn auch aus. Eigentlich ist eine solche Vertretung hier in Wien für eine große amerikanische Zeitung ein Skandal, und ich habe mich nicht wenig gewundert. Clyde Farensworth selbst ist übrigens ein sehr sympathischer Mann. Ich habe den unbestimmten Eindruck, dass er, wie manche gebürtige und echte Amerikaner, hier zu Wien in mindere Gesellschaft geraten ist. So sah mir das Ganze aus.

Zurück zur Kritik. Die Arbeiten von Morton, Prescott, Ernst E. Noth, zuletzt die von Victor Lange – alle ausführlich – sind tüchtig, und so bleibt der Blödsinn nicht unwidersprochen. Auch in Chicago ist eine umfängliche und sehr positive Würdigung erschienen – ich hatte sie, kann sie aber nicht finden. Ich glaube fast, Sie sehen etwas zu schwarz. Im Grunde ist journalistische Kritik von geringer Bedeutung, sei's ein Geschmier, wie das der „Damen“ von „Time“ hier in Wien, sei's ein Lob, wie jenes in „Mc Call's Magazin“, welches Sie mir sandten. Ernst E. Noth hat glücklicherweise nicht nur im Milwaukee-Journal über mich geschrieben, sondern auch – sehr dezidiert! – in seiner Broschüre (booklet) „The Contemporary German Novel“, Marquette University Institute of German Affairs/Milwaukee, Wisc. 1961 – dort Seite 17. Ich habe dies Herrn Alfred A. Knopf mitgeteilt. Mit diesem scheinen Sie, lieber Freund, auch nicht recht zufrieden. Ob er Fehler oder Unterlassungen begangen hat, entzieht sich meinem Urteil. Mindestens startete er gigantische Anzeigen, die ich sah. Eine Agentin, die mein Buch zu ihm brachte (Mrs. Joan Daves) scheint zu glauben er wolle jetzt auch die Strudlhofstiege machen. Ich bin aber nicht dieser Meinung. Noch eines, übrigens: der Aufsatz von Hill (Saturday Review) ist nicht ganz ohne Qualität, trotz der „muddled theories“ und der von Ihnen bezeichneten Stellen (Parallele mit O'Neill u. Tenessee Williams, na servus!); solcher sind allerdings viele. Im ganzen aber keinesfalls schädlich oder in solcher Steiner-Kesten'scher Absicht verfasst.

So weit, so gut. Inzwischen ist zu Turin bei Einaudi der Zihal in einer entzückenden Ausgabe erschienen (Le fenestre illuminate), „Stiege“ und „Dämonen“ werden nachfolgen. „Ein Mord ... “ kommt nun in 5 Sprachen. (Englische Ausgabe von „Dämonen“ – Weydenfeld & Nicholson – erst im Frühjahr!)

Die Correspondenz mit dem „Merkur“ (Hans Paeschke*), die ich wegen „Doderer auf Englisch“ führte, lege ich Ihnen hier bei. Sie sehen, der Mann will nicht. Da er aber on the other hand von mir was will – und nicht nur das im Brief erwähnte, sondern nichts geringeres als „Sexualität und totaler Staat“, werde ich, mindestens im ersten Falle, nun meinerseits nicht wollen. Von „Wort in der Zeit“ halte ich nichts. Übrigens war diese Zeitschrift – ein unkritischer Mischmasch – nicht einmal imstande, meinen Aufsatz „Ortung“ nach der gedruckten Vorlage richtig zu reproduzieren, sondern auf S. 36 unten ist ihnen eine ganze Zeile herausgefallen, und die Aufwartefrau, welche dort wahrscheinlich die Korrektur liest, hat's natürlich nicht bemerkt. Eine Zeitschrift von Rang. Die Zentrale des bayuwar. Sp. Tr. erhielt einen entsprechenden Brief von mir. Wenn Sie, lieber Freund, gleichwohl dort über „Doderer auf Englisch“ schreiben wollen, richten Sie ein Wort an die Zentrale; ich glaube nicht, dass man dort manquieren wird.

Hanns von Winter: er ist mit dem Wiener Musik-Kritiker Dr. Wilnauer nach einer Aufführung über den Opernring gegangen und mitten im Gespräch tot zusammengefallen. Ich habe mit Dr. Wilnauer gelegentlich gesprochen. Winter hat seinen eigenen Tod gewissermaßen nicht erlebt. Er war vorher in keiner Weise krank gewesen, sondern recht munter. Ich sollte am folgenden Tage im Falstaff mit ihm zu Mittag essen. – Für seinen Nachlass ist verlegerisch nichts zu machen. Er war noch nicht berühmt genug, wenn auch auf dem besten Wege es zu werden. Der oben genannten Zentrale bot ich einmal seine Memoiren eines Diplomaten (Moskau 1927 – 31) an, ohne Interesse zu finden. – Meinen Nekrolog aus dem Forum lege ich hier bei. Dieser Todesfall bedeutet für mich einen Verlust schwerer Art.

Es bleibt mir, lieber, verehrter Freund, nach allem nur noch übrig, Ihnen von Herzen dafür zu danken, dass Sie alles genau verfolgten und mich auf dem Laufenden hielten. Die Besprechungen, welche Sie wieder zurück haben wollen, lege ich hier bei. Da wir aber keinen Text direkt meinen können – für einen Schriftsteller wäre das ganz widersinnig und er würde es auch nicht lange aushalten – so mache ich mich alsbald daran, alles, was infolge meiner Vergesslichkeit etwa nicht zwischen den Zeilen stehen könnte, als Marginalie an den Rand zu schreiben, den Schwerpunkt allmählich verschiebend, bis der Text zur Marginalie wird, was er ja von Anfang an nur hätte sein sollen. Jede Mitteilung oder Aussage ist ja im Grunde verächtlich, weil sie unsere Sprache aus dem stabilen Gleichgewichte bringt. Ich will also diesen Brief wieder auswiegen und stabilisieren, indem ich seine schmalen Ränder mit meiner winzigen, aber gut leserlichen Schrift bedecke, mit mir selber redend – und so erst eigentlich und recht mit dem Freunde.

Ich hoffe, Sie bleiben es. Meiner sollen Sie immer gewiss sein. Maria, mein edler Schatz, lässt von Herzen grüßen, Frau Astrid und Sie. Für Frau Astrid meinen Handkuss, meine herzliche Verehrung.

Es umarmt Sie, stets der Ihre Heimito Doderer

* ich hab ihm noch einmal geschrieben und mein Missfallen ausgedrückt.

Eben treffen 5 Bände (!) von Ihnen ein! Innigsten Dank! Ich stürzte mich sogleich auf den Trilling, von dem ich jetzt alle Aufsätze lesen will – – einschließlich desjenigen über Kinser (!!! na servus!!!)

(Die Randnotizen sind aus Tagebuchblättern der letzten Zeit.)

Mann kann, von einem bestimmten Punkte an, erkennen, dass man – abergläubisch gelebt hat: anders, dass man geistesmechanisch Widersinniges immer noch für möglich hielt, und sich so, gegen die Substraktionen verstoßend, bis zum äußersten aufreiben musste.

Gestern (11. Nov.) mit Prof. Dr. Elöd Halasz*, der begabteste und wissendste Germanist nach Ivar Ivask. Auch Halasz ein noch junger Mann. Dass er sich dort drüben halten konnte, auf seinem Posten! Erstaunlich. Es gibt nirgendwo ein Leben ohne Cavitäten, in welche es sich gegebenen Falles zurückzieht und dort überdauert.

* Univ. Szedgedin, Ungarn

Wer mit Objekten diskutieren will ist eselhaft. Alle Objekte sind indiskutabel. Das ist ihre Heiligkeit.

Erst im Zerfall jeder Vorordnung auf jeder Ebene und im Zerfalle der augenblicklichen Lage zeigte sich die eigentliche Chance für unsere Apperceptivität. Hier muss ein kalter Leichtsinn seine eigentlichen Meisterstücke vollbringen.

Der kalte schöpferische Leichtsinn macht uns in jedem Augenblicke bereit, das Deperceptive als Eierschalen zu erkennen, die uns vielleicht bis zum Ende ankleben werden.

Der apperceptive Mensch muss den deperceptiven als faktizitär anerkennen (und er allein vermag's), bei mir war der zweite sogar ein Grundsumpf für den ersten, denn ich bin ja nicht als Genie geboren worden und sodann meine Bahn entlang gestürmt. Hintnach scheint mir das keinem wünschbar, dass es so gewesen sein möchte. Vielmehr musst' ich von „Figur zu Figur“, um mit Gütersloh zu reden meine? entdecken, und später, aber ich erkannte vielleicht manches, was einer als Vollbegabter kaum erfährt.

Durch Zerfall der Lage zuflüssig leben.

Nicht nur an den jetzt vorhandenen actuellen Beständen von deperceptiven Gebilden ist das Opfern der deperceptiven Existenz zu exemplifizieren: diese stehen nur vertretungsweise vor Augen für ein ganzes deperceptives Leben – das gesehen werden will: dafür das Opfer.

Sehr geehrter, lieber Herr Paeschke!
Sie haben vielleicht vernommen, dass vor ein paar Wochen mein Hauptwerk – heute gilt es noch dafür – nämlich „Die Dämonen“ in New York bei Knopf heraus gekommen ist, in einer Übersetzung, die im Großen und ganzen als excellent gelten kann (Clara u. Richard Winston). Der Wellenschlag in der amerikanischen Presse ist erheblich, pro und contra. Nun schreibt mir ein amerikanischer Universitätsprofessor, der meine Bücher, als Germanist, natürlich längst deutsch gelesen hat, zudem auch mit der österreichischen Literatur im besonderen vertraut ist, ob es nicht am Platze wäre, in einer erstrangigen deutschen Zeitschrift eine Marginalie etwa unter dem Titel „Doderer auf Englisch“ zu schreiben: kritische Betrachtung der Übersetzung und auch der Reaktion auf diese (Kritik der Kritik). Ich glaube, dies könnte Sie interessieren. Wenn dies der Fall sein sollte, möchte ich Sie, lieber Herr Paeschke, bitten, Herrn Professor Dr. Ivar Ivask – er ist gebürtiger Este – drei Zeilen mit Luftpost zu schreiben. Die Anschrift füge ich hier unten bei. Prof. Ivask lehrt zur Zeit am St. Olafs-College in Northfield, Minnesota.

Ich bin heute geradezu glücklich darüber, dass ich eine dritte Fassung von „Sexualität und Totaler Staat“ bis jetzt noch nicht niedergeschrieben habe. Der Gegenstand hat sich für mich – unser lieber Freund Joachim Moras hat mir das einmal ausdrücklich voraus gesagt! – enorm angereichert; ja, manche Punkte sind mir erst in den letzten Wochen ganz in's Begreifen gerückt. Gut so. Zur Zeit finalisiere ich einen Roman. Bis Neujahr wird das erledigt sein, und dann werde ich unbedingt eine zerlegungsweise Prosa brauchen, bevor ich in einen erzählerischen Zusammenhang großen Ausmaßes, der mich seit zwei Jahren beschäftigt, wieder einsteigen werde.

Es scheint also der Augenblick näher zu rücken, wo der uns beide interessierende Essay vollendet werden soll.

Ich hoffe von Herzen, dass Ihnen alle Dinge gut geraten, einschließlich des Gesund-Seins! Bevor ich nach München komme, werde ich trachten, mich rechtzeitig mit Ihnen zu verabreden. Wir haben uns eigentlich lange nicht gesehen!

Es grüßt Sie recht herzlich stets der Ihre

Professor Dr. Ivar Ivask
203 Manitou Street
Northfield, Minnesota
U. S. A.

18

Wien, 8. Dezember 1961

Lieber Freund,
da kann man gratulieren! „Vision von Wien" dürfte das beste Werk sein, das Ihnen gelungen ist, und Sie haben einiges Vorzügliche gemacht. Ich schlage folgenden Dreiklang vor:

Vision von Wien
Stürmischer Garten
Kokoschka

Man soll immer das Neueste drucken. Kokoschka auch als Zuckerl für den Herausgeber. Da Sie es so wünschen, soll es ‚Wort in der Zeit' sein. Ich fasse noch was anderes in's Auge: ‚Der Bogen' , eine lyrische Sammlung von exclusiver Qualität, wo ich wahrscheinlich selbst auch mitarbeiten werde. Es sind kleine elegante Bücher. Übrigens lässt sich beides vereinigen. Ich werde nach Neujahr das Nötige veranlassen, und Ihnen dann referieren. ~

Ein neuer Gedanke berührte mich gestern und vorgestern. Nämlich den Briefen an Sie, lieber Freund, von Zeit zu Zeit eine Abschrift der allerletzten Tagebuchnotizen beizulegen. Das könnte die Verbindung verstärken. ~ Ich habe nun, zum Beschlusse, viel Freude und Erstaunen mit den Merowingern. Ende Jänner soll das abgeschlossene Werk zum Copieren gehn. Ich weiss, dass es mir dann sehr fehlen wird.

Empfehlen Sie mich, Lieber, Frau Astrid recht herzlich und ergeben, und seien Sie mit allen guten Wünschen gegrüßt von Ihrem

Heimito Doderer

Innigen Dank
für den schönen, unverwelklichen Blumenstrauß aus dem stürmischen Garten! Frau Astrid und Ihnen die herzlichsten Grüße von Ihrer Maria v. Doderer

19

Landshut, 8. Jänner 1962

Lieber, verehrter Freund, die weihnachtlich-neujahrliche Flut hinderte jene Besinnung, die nötig ist, damit Sie (und Frau Astrid) nicht nur einen Gruß, sondern ein Freundeswort unter die Augen kriegen; und ein Wort des herzlichsten Dankes: vor allem für Ihre Briefe vom 1. u. 3. Adventsonntag! Zudem: auf unserem Weihnachtstische saßen seltsame Geschöpfe, im fernen Osten aus Elfenbein geschnitzt, vom fernen Westen her uns zugesandt: wir nennen sie ‚Der Honigdieb' und ‚Der Pilger' (oder auch ‚St. Christoph in Japan'). Nun aber will ich durch meine ‚Dämonie' wirklich die Schnüre eines sehr schönen alten ledernen Tabaksbeutels ziehen: beides zusammen wird reizend aussehen! Vielen, vielen Dank!! ~

Das Photo beim ersten Brief ist wirklich ausgezeichnet, so zufällig es zustande gekommen sein mag, bei einer Verschärfung des Lichts, die hier einen frappanten Effekt macht! Von welcher Beweglichkeit waren Sie doch, und auch Frau Astrid! Überall sind Sie hingekommen! Auch in das mir so vertraute Höllental; das unter seiner Nachwirkung entstandene (estnische) Gedicht, und die Gedichte überhaupt sind nun der nächste Punkt: ich danke Ihnen für Ihre freundliche Genehmigung; und bleibe also zunächst bei ‚Wort in der Zeit' und beim ‚Bogen' – der sich hoffentlich halten wird, denn sein Begründer, der mehrfach preisgekrönte Lyriker Hans Leb, fiel zu Villach in einer Bar vom Hocker und brach sich das Genick. ~

Das Höllentalgedicht ist schon großartig; Strophe 2, Zeile 2 empfind' ich in der wörtlichen deutschen Übersetzung schon als sehr schön. Die Landschaft ist hier wirklich untergriffen und bewältigt. ~ Was nun die Zusammenstellung der Trias betrifft, werde ich mich Ihren Wünschen natürlich anschließen. Also: zwischen Vision v. W. und O. K. nicht Stürmischer Garten, sondern eines von den anderen, auf welche sie hinweisen. Dies wär' einmal ein Tryptichon; aber wir brauchen ja deren zwei! Meine ergänzenden Vorschläge werde ich aber erst aus Wien machen können, weil mir dort Ihre Manuscripte vorliegen. Ich reise übermorgen, Di. d. 9. I. ~ Aus U. S. A. sind noch mehrere, durchwegs höchst positive Kritiken eingetroffen, die gescheidteste von W. Bernard Fleischmann, Atlanta (Emory-Univ.), dem Autor des großen Aufsatzes (vor etwa einem Jahr) „A new look on Austrian Literature", den Sie kennen, soviel ich mich erinnern kann. Sehr interessiert hat mich, dass die englische Ausgabe der ‚Dämonen' sprachlich adaptiert sein wird. Davon wusste ich nichts. Woher haben Sie das wohl erfahren?! ~ Ihre Absicht, über meinen ‚Nazismus' endlich in der englisch sprechenden

Welt die Wahrheit zu verbreiten, ehrt mich und freut mich innig! Es wäre wahrlich eine große Freundestat, und ich würde mich sehr gerne bereit finden, ein derartiges Manuscript durchzusehen, vor allem aber, wenn Ihnen die oder jenen konkreten Data fehlen, diese Ihnen mitzuteilen. ~

Wegen kleiner Prosa bei Knopf werde ich Dienstags, in München beim Abendessen mit Herrn Wiemer sprechen, und auch gleich Frau Astrid vorschlagen, unter Hinweis auf ihre Übersetzung des ‚Kratki Baschik' in der Atlantic-Review. ~ Die Merowinger laufen geordnet durch ihre letzten vier Wochen, das heisst, durch alle Kontroll-Stationen, denn das Gesamt-Manuscript liegt ja bereits vor – bis auf den Epilog (!Heidegger!*); mit diesem Epilog gedenke ich mir dann ein paar gute Tage zu machen. ~

So weit, so gut, für heute! Mein nächster Brief bringt wieder Tagebuchblätter. Dieser hier noch meine innigsten Glück- und Segenswünsche für Sie, sehr geliebter Freund, und Frau Astrid, für dieses ganze Jahr! Maria will nun auch schreiben! Ich grüße Sie innigst! Stets der Ihre

Heimito Doderer

Ich danke herzlich für das hübsche Elfenbein-Männchen; es steht in einer Vitrine und erinnert mich freundlich lächelnd an unsere schönen, gemeinsamen Tage in Wien. Wie's der Brauch ist, wünsche auch ich Frau Astrid und Ihnen, lieber Herr Ivask, ein recht glückliches, erfolgreiches 1962!

Mit herzlichen Grüßen Ihre

Maria v. Doderer

* übrigens: mit Martin Heidegger frühstückte ich am 21. November in Berlin. Am 20. hatte ich abends in der neuen Kongresshalle vor 2000 Personen gelesen – mit größtem Publicums-Erfolg, auch ebensolcher Presse. Bei dieser Gelegenheit entstand ein merowingisches Pressephoto – ich will trachten, es mir für Sie zu verschaffen.

Wegen Kleiner Prosa bei Knopf werde ich Dienstags in München beim Abendessen mit Herrn Wiemer sprechen, und auch gleich Frau Astrid vorschlagen, unter Hinweis auf ihre Übersetzung des „Kratki Baschik" in der Atlantic-Review. — Die Merowinger laufen geordnet durch ihre letzten vier Wochen, das heisst, durch alle Kontroll-Stationen, denn das Gesamt-Manuscript liegt ja bereits vor — bis auf den Epilog (! Heidegger!*); mit diesem Epilog gedenke ich mir dann ein paar gute Tage zu machen. —

So weit, so gut, für heute! Mein nächster Brief bringt wieder Tagebuchblätter. Dieser hier noch meine innigsten Glück- und Segenswünsche für Sie, sehr geliebter Freund, und Frau Astrid, für dieses ganze Jahr! Maria will nun auch schreiben. Ich grüße Sie innigst! Stets der Ihre

Heimito Doderer
Landshut, am 8. Jan 62

* übrigens: mit Martin Heidegger frühstückte ich am 21. November in Berlin. Am 20. hatte ich abends in der neuen Kongresshalle vor 2000 Personen gelesen — mit größtem Publicums-Erfolg, auch ebensolcher Presse. Bei dieser Gelegenheit entstand ein merowingisches Pressephoto — ich will trachten, es mir für Sie zu verschaffen.
Am 1. Dez. sprach ich vor 800 Studenten zu Wien im Auditorium Maximum der Univ. über „Ortung d. Kritikers".

zu Hofmannsthal (Gespräch über Gedichte):
„Draußen sind wir zu finden, draußen." = Die Tiefe ist aussen.
(Gütersloh)

Ich danke herzlich für das hübsche Elfenbein-Männchen; es steht in einer Vitrine und erinnert mich freundlich lächelnd an unsere schönen, gemeinsamen Tage in Wien. Wie's der Brauch ist, wünsche auch ich Frau Astri und Ihnen, lieber Herr Ivask, ein recht glückliches, erfolgreiches 1962!
Mit herzlichsten Grüßen
Ihre
Maria v. Doderer

Am 1. Dez. sprach ich vor 800 Studenten zu Wien im Auditorium Maximum der Univ. über ‚Ortung des Kritikers'.

Zu Hofmannsthal (Gespräch über Gedichte):

'draußen sind wir zu finden,
draußen' – Die Tiefe ist aussen.
(Gütersloh)

20

Wien, 23. Juli 1962

Mein lieber Freund!

Es ging nicht anders! Ich bin nicht der rechte Mann für kurze und direkte Nachrichten und war immer nichts weniger als ein Schreiber von Briefkarten. Wohl, ‚Brief' kommt von ‚breve'; aber schon im Altertum ist der Brief zur Form erwachsen; das Substrat strömt in sie ein und will sie prall machen. Kurze Nachrichten sind ein Teil des Aberglaubens unserer Zeit. ~ Es war die Finalisierung der ‚Merowinger' eine großartige aber auch detailreiche Sache; sie liegt heute schon Wochen zurück (ich lese nur mehr Correcturen). Aber der Roman hat zuletzt Vieles beiseite gedrängt, was ich versprochen hatte; dann aber musste es doch getan werden: mehrere Arbeiten hintereinander; sie sind fertig und abgeliefert. Nun war aber wieder die Post in's arge geraten! . . . lassen Sie mich enden. Das sind wirkliche Nachtseiten schriftstellerischer Existenz! (Ich habe inzwischen auch einen unendlich sympathischen Brief von Paul Reets M. A. erhalten, auf welchen ich auch nur ausführlich werde zurück kommen können – was ich selbstverständlich auch in bezug auf alle von Ihnen zuletzt erhaltenen Briefe zu tun gedenke: denn jetzt wird Luft. Was erscheint in dieser klaren Luft? Eine Vision von R7.) Was schreiben Sie von ‚Taktlosigkeit?' Zu dergleichen sind Sie ja ganz unfähig, scheint mir. Nein, nein! Ich denke immer in

Mein lieber Freund!

Es ging nicht anders! Ich bin nicht der rechte Mann für kurze und
direkte Nachrichten und war immer nichts weniger als ein Schreiber von
Briefkarten. Wohl, „Brief" kommt von „breve"; aber schon im Altertum
ist der Brief zur Form erwachsen: das Substrat strömt in sie ein
und will sie prall machen. Kurze Nachrichten sind ein Teil des
Aberglaubens unserer Zeit. — Es war die Finalisierung der „Mero
winger" eine großartige aber auch detailreiche Sache; sie liegt heute
schon Wochen zurück (ich lese nur mehr Correcturen). Aber der
Roman hat zuletzt Vieles beiseite gedrängt, was ich versprochen
hatte; dann aber musste es doch getan werden: mehrere Ar=
beiten hintereinander; sie sind fertig und abgeliefert. Nun
war aber wieder die Post in's arge geraten . . . lassen Sie
mich enden. Das sind wirkliche Nachtseiten schriftsteller=
ischer Existenz! (Ich habe inzwischen auch einen unendlich
sympathischen Brief von Paul Reets M. A. erhalten, auf wel=
chen ich auch nur ausführlich werde zurück kommen kön=
nen — was ich selbstverständlich auch in Bezug auf alle
von Ihnen zuletzt erhaltenen Briefe zu tun gedenke:
denn jetzt wird Luft. Was erscheint in dieser klaren
Luft? Eine Vision von R?) Was schreiben Sie von „Takt=
losigkeit?" Zu dergleichen sind Sie ja ganz unfähig,
scheint mir. Nein, nein! Ich denke immer in brüd=
erlicher Liebe Ihrer (und auch Frau Astrids!). ~ !
„Das Große Erbe" liest sich im Druck entzückend.
Ich danke Ihnen für die liebe Widmung! Das
erste Echo in der Juli/August=Nummer des FORUM
stammt von mir; geht morgen als printed matter
an Sie ab. Sie werden dort lesen, dass ich den
Lyriker J. T. durchaus voranstelle. Bei solcher
Überzeugung halte ich heute und plane einen
Durchbruch (aber mit Umgehung von „Wort in
der Zeit", das immer mehr nachlässt).
Davon später, bis Resultate da sind. Dass
ich hier zurück bleiben musste, kränkte
mich sehr: wird kräftig nachgeholt werden,
es ist dazu alles schon vorbereitet. ~

Nun aber zur Sache, zur Sache dieses Briefs im Besonderen.
Ich weiss nicht, welche Dämonie das Österreichische bei uns
beiden derart durchkreuzte, dass wir uns bis zum Schlusse
Ihres Hierseins immer „Sie" sagten (auch Maria hat's
verwundert!). Ich führe es darauf zurück, dass unser in=
tensiver Kontakt kein nur direkter und privater war; so konn=
ten sich auf der unteren Ebene Gepflogenheiten festsetzen,
die nach einem halben Jahr etwa begannen, widersin=
nig zu werden. Ich bin nun der Älteste von uns Vieren
– ich meine Astrid, Maria, Sie und mich. Und so
nehme ich mir die Freiheit, den ganzen Unfug mit dem
Ge=Sie=ze abzustellen, und gehe darin so weit, in meinen
Vorschlag — hoffentlich schlage ich nicht zu weit vor,
und eigentlich ist's kein Vorschlag, sondern eher ein

brüderlicher Liebe Ihrer (und auch Frau Astrids!). ~ „Das große Erbe“ liest sich im Druck entzückend! Ich danke Ihnen für die liebe Widmung! Das erste Echo in der Juli/August-Nummer des FORUM stammt von mir; geht morgen als printed matter an Sie ab. Sie werden dort lesen, dass ich den Lyriker I. I. durchaus voranstelle. Bei solcher Überzeugung halte ich heute und plane einen Durchbruch (aber mit Umgehung von ‚Wort in der Zeit‘, das immer mehr nachlässt). Davon später, bis Resultate da sind. Dass ich hier zurück bleiben musste, kränkte mich sehr: wird kräftig nachgeholt werden, es ist dazu alles schon vorbereitet. ~

Nun aber zur Sache, zur Sache dieses Briefes im besonderen. Ich weiss nicht, welche Dämonie das Österreichische bei uns beiden derart durchkreuzte, dass wir uns bis zum Schlusse Ihres Hierseins immer ‚Sie‘ sagten (auch Maria hat's verwundert!). Ich führe es darauf zurück, dass unser intensiver Kontakt kein nur direkter und privater war; so konnten sich auf der unteren Ebene Gepflogenheiten festsetzen, die nach einem halben Jahre etwa begannen, widersinnig zu werden. Ich bin nun der Älteste von uns Vieren – ich meine Astrid, Maria, Sie und mich. Und so nehme ich mir die Freiheit, den ganzen Unfug mit dem Ge-Sie-ze abzustellen, und gehe darin so weit, in meinem Vorschlag – hoffentlich schlage ich nicht zu weit vor, und eigentlich ist's kein Vorschlag, sondern eher ein Dekretieren – auch Frau Astrid mit einzubeziehen. Das alles ist auch Wunsch meiner lieben Frau: hinter den ich mich aber nicht verstecken will: denn die Offensive gegen das ‚Sie‘ ergreife hier durchaus ich selbst. Kurz: das ganze Quartett hat sich wechselseitig zu duzen!!! Dixi, und hoffentlich wirkt's nicht wirklich taktlos. ~

Meine nächste Post, lieber Ivar, bringt Dir wieder Tagebuch-Auszüge, von denen ich auch etwas habe drucken lassen; auch dies erhältst Du, sobald es erschienen sein wird. Tagebuchnotizen auszutauschen halte ich für eine ausgezeichnete Gepflogenheit zwischen Freunden und gentlemen.

Hatfield hat mir eine – deutsch verfasste – excellente Arbeit über den Humanismus in der amerikanischen Erziehung gesandt; Politzer einen großen Essay über die ‚Posaunen von Jericho'; dazu werde ich auch einlässlich Stellung nehmen (es ist schon länger her), Dir aber sodann, sub manu et rosa, das Manuscript P. 's – es wird im Druck erscheinen – intimieren.

Grüße Astrid von mir! Hier ein Kärtlein Maria's: vor Monaten hat sie es mir gegeben, ich sollt' es meinem nächsten Brief an Dich beilegen! Doch, im Grunde glaub' ich, Du verstehst mich wohl! Wär' nicht der Brief eine sprachliche Sache*; und dürfte der Schriftsteller mehr als eine Feder haben – alles ginge leichter. Aber: Schreiben ist Schreiben, ob Küchenzettel oder Gedicht. Ein ehernes Gesetz, mehr: der eigene Schatten, über den man nicht springen kann.

Ich umarme Dich Heimito

p. s. morgen nach München! ab 27. bei Maria in L.

* Neubildung: languaged matter – analog zu ‚printed matter' (Drucksache) – an awful english!

21

4. Okober 1962

Mein lieber Ivar! Dies nur als Blitzbrief voraus, ein breve, ein Bulletin für Dich und Astrid! Deinen letzten Brief hab' ich, auch seine Kunst-Fracht*: hier wird mir jetzt ein viel volleres Bild, es ist ein Kontinent (Marburg!) von dem ich nur vereinzelte Burges-Spitzen hatte. Ich bin froh, jetzt über viel zu verfügen, eben dessen bedarf ich jetzt! Hierüber noch ausführlicher, wenn die Placierungen klar sind. ~ Ich werde heute abends nach München fahren; dort werden die Dedikationen in Dein und Astrid's Exemplar der ‚Merowinger' geschrieben: sogleich gehen dann die Bücher vom Verlag weg. ‚Sonne u. Mond' (Gütersloh) liegt mir schon in 51 Druckbogen vor (ich werde es in der Frankfurter Zeitung besprechen). Sobald die ersten Exemplare fertig sind, bekommst Du eines. Meine G. –Anthologie (Spieltriebs-Zentrale) ist noch nicht einmal gesetzt (!) ~ Bewunderungswürdig sind Astrids Übersetzungen, und zwar insbesondere die Milderung „um der puritanisch zarten Nasen willen": denen ist genug getan, aber ohne jeden Verlust von Substanz! Viele Handküsse an Astrid, ihr werde ich noch gesondert schreiben, und euch beiden ausführlich und bald. Ich wende mich wieder R7 zu, wenn einige rückständige kleinere Arbeiten und die Post in Ordnung gebracht sind. An den ‚Merowingern' hab' ich bis zum letzten Druckbogen gefeilt um sie zu perfektionieren. Der Verkauf geht gut an. Bald mehr! Seid innig umarmt!

Heimito

Lieber Ivar! Innig danke ich Dir für die Gedichte, von denen Heimito sich eine Abschrift machen will, um sie nach Wien mitzunehmen, ich hoffe Du hast nichts dagegen. Denke Dir, ich habe die „Merowinger" in einem Zuge ausgelesen! Heimito sitzt stundenlang über den Druckbogen von „Sonne und Mond". Grüße Astrid innigst und sei vielmals gegrüßt von

Deiner Maria

* und Pracht!

22

Landshut. 4. November 1962

Mein lieber Ivar, schon lange sollst Du ein Freundeswort von mir unter die Augen haben; aber ich kreuzte seit 27tem July, also seit meiner Ankunft aus Wien hier bei Maria, gegen ein wahres Tang-Meer (sargossa-sea) von rückständiger Post auf, und natürlich solcher, die mir nicht eben am Herzen lag, die aber erledigt werden musste. Jetzt endlich komme ich zu der eigentlichen und meinen (obwohl das Andere lang noch nicht alles getan ist, aber es lichtet sich, und ich sehe sozusagen Land). Seit ich hier bin habe ich genau 99 Briefe geschrieben, zum Teil komplizierte; dieser ist der 100te: er muss Dir gehören (und der 101te Astrid).

Vor allem danke ich Dir für Deinen Brief vom 9. Oktober und das Manuscript von Gespiegelte Erde. Dieses durch einige Zeit bebrütend stellte ich fest, dass alles, was ich bisher schon besaß, darin enthalten ist, bis auf das 13. Stück aus den Siebzehn Gedichten (1953–58), den Drei-Zeiler Abschied. Dieser hat sehr meine Sympathie. Jedoch ist mir klar, dass er im dreiteiligen Gefüge von Gespiegelte Erde keinesfalls untergebracht werden kann. Dieses Stück – zart wie ein Haiku, dem Wesen nach, wenn auch nicht metrisch, fast als solches anzusprechen, – hielte den Staudruck der Nachbarn nicht aus. Ich sehe Dich jetzt erst richtig, Lieber: Du bist ein Künstler, durch Deine Intelligenz und Dein Wissen als Professor maskiert. Praktisch: Meisterschaft im Essayismus ist eine vom Schöpfer gütig verliehene Mimikry des lyrischen Dichters. Beispiele wären zahlreich heranzuziehen. Dasjenige Mallarmé's genüge, der ausgezeichnete Vorträge über Literatur gehalten hat und damit sogar auf Reisen gegangen ist. Nun, weiter zu Gespiegelte Erde: dass im dritten Teil der Raum für drei Gedichte wirklich notwendig und nicht nur willkürlich ausgespart ist, dass also diese drei Gedichte fehlen und nachgebracht werden müssen: eben dies beweist den Bau des Ganzen. Rilkes von Dir citiertes Argument, dass eine Sammlung erst als Ganzes ihre volle Wirkung erzielen kann, gewinnt hier an Gewicht. Gespiegelte Erde ist ein solches Ganzes. Und doch werde ich mich den praktischen Gegebenheiten anpassen müssen und jede Gelegenheit zu Teilveröffentlichungen ergreifen, vor allem in Ansehung des Umstandes, dass der ersten Buchausgabe eines neuen lyrischen Werks immer die größesten Hindernisse im Wege sind und man für nichts schwerer einen würdigen Verlag findet als für Gedichte. Denn derartige Reihen etwa, wie die vom österr. Unterrichtsministerium subventionierten Bergland-Bändchen – in einem solchen hat, wie Du weisst, Gütersloh seine gesammte Lyrik bestattet, aus reiner Misslaune, obwohl ihm ein guter Verlag zur Verfügung gestanden wäre! – derartige „Publikationen“ also sind nichts als Totgeburten, und erscheinen unter Ausschluss des Buchhandels und der Öffentlichkeit. Wieder zur Sache: die Cohärenz des Ganzen schließt nicht aus, dass einzelne Einheiten hervorleuchten. Das wird bei den meisten Lesern individuell verschieden sein. Nur ein ganz kleiner Kreis wird in einem solchen Falle die chefs d'œuvre übereinstimmend feststellen: darunter werden sich gewisslich befinden: I,9 („Kaiserbrunn“ – also ein Werk aus jüngsten Schichten), I 1, I 3, I 10*, II 5 (der Hahn in „Erwachen“!), II 4, sowie III 5 und III 12. Jedoch: „... der Fichten feuchte Wurzelküchen“. – dies bleibt für mich unübertroffen. ~

Nun ein Wort noch zur Feile: Du hast sie sorgsam gehandhabt, es ist dabei nichts passiert, keine Kratzer und Rillen (obwohl's doch so oft geschieht, nicht nur bei Dichtern und Komponisten, sondern auch bei denen Malern und Bildhauern, als welch letzteren oft besser ein Werk rechtzeitig unter Prügeln weg genommen wird). Verbesserungen, wie beispielsweise in I 5 (Mittelmeer) sind durchaus vertretbar: Strophe 2, Zeile 1 sengend statt brennnend, Strophe 3, Zeile 1 hohen statt fernen – beide Male wird die, für den vorliegenden Fall, konkretere, anschaulichere und intensivere Wortbedeutung gewählt.

Ich habe hier keinen Einwand. Es bleiben also nur III 8, 9, 10 abzuwarten – und das Werk steht! „Werk“ wirklich im Sinne Mallarmé's! Darum muss dies mit grüner Feder geschrieben werden. Es ist die Farbe der Hoffnung. ~

Nun weiter, und zu Gütersloh: nein, die Correctur von „Sonne und Mond“ habe ich nicht gelesen. Ich erhielt nur die Druckbogen voraus, um meine Besprechung für die „Frankfurter Allgemeinen Zeitung“ schreiben zu können. Freilich habe ich dazu das ganze Werk genauestens und mit Notizen durchgelesen. Die Recension habe ich schon geliefert. Leider standen mir nur 4 Seiten zur Verfügung, aber ich hoffe den beschränkten Raum gut genützt zu haben. Das Wörterbuch zu „S&M“ erscheint noch nicht. Es soll erst in zwei Jahren folgen (?), so sagte mir Herr Klaus Piper. (Ich halte ihn nicht für Deinen zukünftigen Verleger.) Doch hat der Piper Verlag den Meister veranlasst, manches aus dem Wörterbuch in den Roman hinein zu nehmen, was ich bei der ohnehin ungeheuerlichen gedanklich-analytischen Überfrachtung des Romans nicht eben begrüßenswert fand. ~ Du erhältst ein Exemplar direkt vom Verlag und, sobald ich in Wien G. besuchen kann, eines mit seiner Widmung für Dich; doch scheint mir, dass ich ihn daran garnicht werde zu erinnern brauchen. Er wird’s von sich aus tun. ~ Ob G. ein Aquarell verkauft? Sehr fraglich. Die wenigen zurückbehaltenen schmücken seine Wohnung; Du sahst sie ja. Ein längeres Tonband hat G. sicherlich für das Archiv der Akademie der Wissenschaften schon besprochen, als Träger des großen Staatspreises für Dichtkunst; ich musst’ es damals auch tun.

Die englische Presse ist schlecht. Die Rezension des Herrn E. ist der des Herrn Steiner gleichzuhalten. Beide aus Wien. Solche Leute haben das Wort. Mein englischer Verleger scheint nicht viel wert zu sein. Ich danke Dir herzlich für die Zusendung des Ausschnittes!! Herr West (USA) scheint nicht genug zu haben und hat sich noch einmal über mich hergemacht (The New Yorker, ~~beiliegend~~[+]). Alles das sind keine Urteile, es ist viel weniger rational als es gedruckt sich gibt, es ist genötigt, gehetzt, zwängisch und dämonisiert.

Ich durchlief in den letzten Tagen Deine Briefe seit Februar dieses Jahres. Hier ergeben sich kleine Nachträge. Die Titelfrage Deiner gesammelten Gedichte hat sich inzwischen allerbestens entschieden. Der Einwand, welchen vordem H. Radauskas gegen den früheren Titel machte, schien mir stichhaltig. ~ Qualtingers „Herr Karl" hat zwei von einander unabhängige Seiten: nämlich einmal als bedeutendes literarisches Denkmal (Buchausgabe Langen-Müller, München), andererseits als Leistung eines Darstellers genialischer Artung. Die Mitwirkung des sehr klugen und feinen Regisseurs und Schauspielers Carl Merz bei Qualtingers Texten ist vor allem eine mäßigende und sicher von Vorteil. Bei Langen-Müller sind auch schon zwei Bände ausgewählter Wochenfeuilletons von Q. („Blattl vorm Mund") erschienen.

Für (zwei) „Dreiklänge" (Teilveröffentlichungen) aus Deinem lyrischen Werk komme ich jetzt doch ganz auf die im Brief vom 10. Februar von Dir vorgeschlagenen Configurationen zurück. Kaiserbrunn, das ja damals noch nicht existierte, eventuell gesondert. ~

Nun, Dein großer Band, „Das große Erbe" – den bereits erschienen Essay gleichen Titels empfahl ich neulich, befragt, der „Österr. Literar. Gesellschaft" (ein Institut des Unterrichts-Ministeriums) sozusagen als Pflichtlektüre für junge österr. Autoren! – erhielt ja eine ganz neue Composition, die sich schon im oben citierten Briefe ankündigt, und von welcher ich zugleich einen maschingeschriebenen Entwurf durch Dich bekam (zusammen mit dem Doderer-Lehr-Fahrplan und den hochinteressanten Prüfungsfragen – übrigens: eine Gesamt-Compositions-Zeichnung der „Dämonen", wie sie für die „Strudlhofstiege" existiert, hat es merkwürdigerweise nie gegeben, nur Teilblätter, ich konnte Dir also ein solches Graphicon garnicht schicken; was bei Wiemer im Lektorat hängt ist ebenfalls nur ein Teilblatt, zum vorletzten Kapitel „Das Feuer" nämlich). ~ Also: dreiteilig auch jetzt; aber tiefer eingesenkt sind diese drei Teile in's Fundament – ich erkannte sogleich aus dem maschingeschriebenen Entwurf welchen enormen Fortschritt Du im Sachlichen gemacht hattest (und wohl noch immer machst). Ich halte diese erweiterte Formung überhaupt erst für das eigentlich Aufblühen des Buches (merkwürdige Analogie! – auch Kaiserbrunn entstand erst nach der Rückkehr!). Das ist ja nun umfassend. Zugleich ganz zwanglos. Eine Frage: wer ist Johann Beer? Ist es der Melker Benediktiner und österr. Romancier?

Zuletzt, mit diesen Nachträgen zu einigen Punkten Deiner Briefe, eine Merkwürdigkeit zu unserem Versuchy an der Lemur. Ich glaube nicht, das er als homo austriacus gelten kann. Hier handelt es sich wohl um lessurischen Spezialschleim. Im März habe ich das complette Manuscript meiner Gütersloh-Anthologie (die mich enorme Arbeit gekostet hat) nach Lemurien abgeliefert, wo es auch mit Complimenten acceptiert wurde: und bis heute habe ich nichts mehr davon gehört, geschweige denn Correcturen bekommen! Ein hübsches Stükkerl, wie?! Gütersloh hat viele Feinde, und das geht so hinten herum, es wird einfach „inhibiert". Aber es könnte sein, dass der alte Doderer da plötzlich keinen Spaß mehr versteht und die Lemurianer in den Steiß tritt – denn er hat doch, wenn's sein muss, ganz andere Mittel und Wege noch als jene. ~

Und nun das Wichtigste: haltet daran fest, dass ihr kommen wollt im Früh-Sommer 63. Dies schreibe ich in der Farbe der Hoffnung. Wunderschön wär's – wenn ihr vielleicht auch nach München wollt – euch für ein paar schöne Tage hier auf dem Lande zu haben!" Comfortabelste Wohngelegenheit!

Ganz zu guterletzt mein Bulletin über die Merowinger: erschienen auf der Frankfurter Messe am 20. Sept. erste Auflage (6000) bereits ausverkauft, zweite Auflage kommt eben heraus. In dieser sind 10 Druckfehler bereinigt, deren schwerster – S. 88, Zeile 11/12, wo ein Wort von der Maschine aus einer Zeile in die andere gepresst wurde – gänzlich ohne mein Verschulden zustande gekommen ist. Nicht bereinigt wurde das fragwürdige Behelfs-Englisch des Dr. Döblinger 361 unten, das sich gegen das correcte Englisch von H. &Q Ltd London (221) angeblich abheben soll; sei's. S. 146 easy nicht greasy – erschien dem Verlag für deutsche Leser verständlicher: sei's gleichfalls! Meinetwegen. ~ Der rasche Erfolg des Buches wurde ohne jede Mithilfe der Presse erzielt und erreicht. Die Kritik schwieg (vielleicht vor den Kopf geschlagen?) und schweigt noch immer, mit wenigen belanglosen Ausnahmen (~~2 leg' ich bei~~). ~ Ich leg' Dir auch die gescheite Notiz eines in München lebenden Engländers über Hermann Hesse bei. Prof. Roy Pascal (Birmingham) schrieb mir einen reizenden Brief und fügte den beiliegenden Aufsatz hinzu. Interessant ist es, Johann A. Böck (vortrefflicher junger österr. Romancier, sein Buch schick' ich Dir, oder lass' es Dir besser vom Verlag schicken, wenn ich in 14 Tagen in Wien sein werde – der Autor hatte jetzt auch eine Premiere am Volkstheater), interessant also ist es, diesen Böck über George Saiko zu lesen (~~liegt bei~~).#

Mein lieber Ivar! So weit, so gut! Maria lässt Dich vielmals grüßen!

An Astrid schreibe ich gleichzeitig. Sei herzlich umarmt!

Heimito

* Ich erinnere mich sehr gut des zersprungenen Glases!

\# Ich werde Dir diese ganzen Sachen doch lieber alle zusammen mit gleicher Post als printed matter schicken! Den Aufsatz von Pascal bitte aufbewahren.

\+ folgt mit anderen Drucksachen als printed matter

Zwei Fragen: 1) Hast Du schon die finnische Ausgabe von Ein Mord etc. erhalten und verstehst Du ein Wort davon?! 2) Bitte schreibe mir die Umstände von der Entstehung von Gespiegelte Erde I,3 (Nach der Flucht)!

23

4. November 1962

Meine sehr verehrte, sehr liebe Astrid!
Schön ist es, dass ich Dich jetzt so ansprechen darf! Endlich komme ich dahin, Dir auf direktem Wege zu danken für die Sorgfalt die Du, zugleich mit Deinem großen Talent, auf meine kleinen Arbeiten verwendest. Die Übersetzung der „Sonatine" macht mir die allergrößte Freude (und auch die Art, wie Du, durch Streichung eines einzigen Wortes, den Text desinficiert hast!). Alle diese Übertragungen – Kratki, Trethofen, Sonatine – haben eine ausserordentliche Qualität und sind getragen von einer Fähigkeit zur Einfühlung, die unerlernbar ist, und nur angeborene Begabung sein kann. Wegen des Kratki, der ja in einem meiner Bücher enthalten ist, bringe ich alles mit meinem Verlag hier in Ordnung, Du brauchst Dich darum nicht zu kümmern. Doch sollte man vielleicht den Titel des Bandes („Die Peinigung der Lederbeutelchen" 1958) nennen, dem das Stück entnommen ist, irgendwie in einer Notiz, und auch den Biedersteinverlag. Wenn Du von diesem eine schriftliche Genehmigung brauchst, was ich kaum glaube, so könnte ich's veranlassen. ~ Ivar habe ich heute einen langen Brief geschrieben. Ich war so sehr überlastet im Sommer, sonst hättest Du früher von mir gehört. An den „Merowingern" feilte ich während der Drucklegung bis ganz zuletzt. Dann habe ich vier Aufsätze geschrieben und fünf Erzählungen. Drei Monate lang bearbeitete ich rückständige Post ... Nun geht's bald wieder an Roman Nr. 7. Wenn ihr nächsten Sommer kommen könntet, wäre es wirklich ganz herrlich!!! Ich grüße Dich innigst, mit ganz ergebenem Handkusse

Heimito

Liebste Astrid, ich freue mich sosehr über Deine schönen Uebersetzungen und ich freue mich, daß es Dich gibt und

Ivar. Wenn man viel zu tun hat vergeht die Zeit im Fluge, darum wird es nicht allzulange dauern bis wir uns sehen können. Ich grüße Dich herzlich

Deine Maria

24

12. November 1962

Mein lieber Ivar, heute Dein ausführlicher Brief. Eben jetzt habe ich I/1 erste Strophe, Zeile 3 nach Deiner Anweisung verbessert. „Hafentreiben" ist konkreter als „Hafenschicksal". Erst mit Einzelheiten beginnt die Kunst. Trypticha (Drei Städte – Dreiklang des Herbstes – Dreifache Wahrheit) waren garnicht zu erwähnen: sie sind das Corpus, der Geigenbauch des Werks, sie ermöglichen es als Werk! Sie sind das Selbstverständliche, enthalten die ganze Form und sind der Rumpf. ~ Deine präsumptive Deutung der „Merowinger" ist großartig! Zu 19 (Humane Anwendung): Eine Sitzung von Blattläusen – das ist unübertrefflich. ~ Keine Unverlässlichkeit Bergers! – das Buch, das Du so lieb mir senden ließest (in's Kerngebiet meiner Interessen treffend!) liegt in Wien, das ich am 24. Juli verlassen habe! Mir geht naturgemäß nur die Briefpost hierher nach. Am 15. werde ich nach Wien fahren und bis Weihnachten dort bleiben. ~ Das der Benediktiner M. Enk von der Burg heisst und im 19. Jh. lebte, habe ich alsbald nach Absenden meines letzten Briefes aus „Das große Erbe" durch Nachschlagen erfahren. Der Text von Johann Beer ist großartig. Das Narrenspital werde ich lesen! ~ Saiko ist kein Kurzgeschichten-Autor, meiner Meinung nach: als Colorist ist er gut, aber das sozusagen „graphische" Leitwerk anekdotischer Art ist bei ihm zu wenig fest; die Kurzgeschichte bildet indessen eine Durchdringung beider Elemente! So weit so gut für heute. Mein nächster Brief bringt die Tagebuch-Auszüge. Die Printed Matters gehen morgen weg; eine vorgestern erschienene Besprechung der „Merowinger“ ist noch hinzugefügt. Handkuss an Astrid und viele Grüße von Mienzi! Es umarmt Dich in Freundschaft

Heimito

25

Landshut, 21. Mai 1963.

Mein geliebter, teurer Ivar!
Das Post-Packeis ist gebrochen. Zunächst wurde mittels einer Sprengladung ein Pfropfen herausgeschossen (der sogenannte Postpfropfen), dann erfolgte erst ein zäher Erfluß, endlich wurde dieser lebhafter, und jetzt sind wir mitten in der Postkrise, und es beginnt bereits der sogenannte Post-Sprudel sich bemerkbar zu machen und lebhafter zu werden. Erst bei solchem Zustande wird es nun möglich Dir zu schreiben. Ich habe seit Neujahr meine gesamte Korrespondenz liegen gelassen. Kam Neues, legt' ich's zu dem übrigen. Nur Deine Briefe legte ich auf's Nachtkastl und habe sie jeden Abend gelesen. Gleichwohl hat der sogenannte Post-Block (eine metaphorische Obstipation) jede Antwort unmöglich gemacht. Nun aber sind bereits 50 Briefe mit Hilfe Marias zum Durchbruche gelangt, sie werden allmählich besser und besser, und endlich wird ein Zustandswert erreicht, aus welchem ich Dir schreibe. Die ganze Sache hat etwa die Dramatizität einer Schlacht. Natürlich geht's nur mit Maschinschrift. Das wirst Du noch besser verstehen, wenn ich Dir am Ende dieses Briefes einiges über meine Arbeiten sage.

Das Apparat-mäßige rasch voraus:

am 8. Juni fliegt Ihr nach Boston zu Paul Reets. Hier einmal gleich dieses: ich lasse ihn herzlich umarmen. Seine

Briefe waren und sind mir ein Schatz. Ihr werdet mir genau von ihm erzählen müssen.

Ab Mitte Juni erwarte ich Euch in Wien. Vielleicht wird Maria auch da sein.

Nun: Kopfsprung in die Hauptsache:

Vor allem beglückwünsche ich Dich innigst zur Vollendung von „Gespiegelte Erde". Die neuen Werkteile sind vollständig auf gleicher Höhe mit allem anderen. Das gilt auch für „Dichter in Rom". Ich würde es an Deiner Stelle aufnehmen. Die Widmung von „Wien 1961" würde ich mit größter Freude begrüßen. Ich nehme sie als gegebenes Wort und lege darauf den höchsten Wert. – von den neuen Beiträgen hat mir „Wurzelwerk des Todes" den tiefsten Eindruck gemacht. Tatsächlich belebt ein gleicher Atem auch die Bilder von Anton Lehmden. Auftakt und Ausklang sind beide stark genug für das Werk. Na, das will schon was heissen!

Jetzt kommen wir auf's Verlegerische. Ich muß Dir offen sagen, daß eine unvorbereitete Vorsprache bei Verlagen nicht der richtige Weg ist, ja, ich möchte Dich davor warnen etwa in Wiesbaden zum Inselverlag zu gehen (dort ist jetzt Doktor Rudolf Hirsch maßgebend, aber wahrscheinlich würdest Du dann bei seinem Unterläufel, einem Grafen Schwerin, hängen bleiben, und damit wäre der Pfeil schon verschossen). Du mußt zu einem Verlag gehen, wo Du erwartet und dementsprechend empfangen wirst.

Dies herbeizuführen war meine Sorge. Es handelt sich um den Verlag Carl Hanser in München, ein sehr gutes Institut, mit besonderem Akzent auf der Lyrik. Massgebend ist dort ein Herr Doktor Goepfert. Mit ihm werde ich nächste Woche in München ausführlich sprechen. Die Verbindung stellt Horst Wiemer her. Du wirst ihn ja wohl in München aufsuchen, vor allem auch Herrn End (neue Telephon-Nr. des Biederstein-Verlages 36 7 41, München 23, Wilhelmstraße 9). Wiemer wird Dich mit Dr. Goepfert zusammen bringen. Ich werde Dr. Goepfert sagen, dass ich gerne bereit sei, eine Vorrede zu Deinen Gedichten zu schreiben.

So weit, so gut, um mit Sonne und Mond zu reden. Zu den Gedichten noch zwei kleine Bemerkungen:

1.) Mit den Veränderungen in dem mir gewidmeten Stück bin ich einverstanden! Trient ist schon rein tonal besser als Taschkent, weil der letzte Ortsname eine Art Klatsch gibt, welcher in den verhaltenen und beinahe flüsternden Ductus des Gedichtes nicht passt.

2.) Nächste Publikation von Gedichten aus „Gespiegelte Erde" in Österreich wahrscheinlich in der schönen und exclusiven Kleinbuchreihe „Der Bogen": ich denke dabei vor allem an „Kaiserbrunn" und „Wurzelwerk des Todes".

x x
x

In Deinen Briefen ist so vieles was mich entzückt, zum Beispiel die Femme Forte von József Berda. Zudem ist der Fall sozusagen in aller Stille höchst lehrreich. Nie hätte er Rubens beim Namen nennen dürfen: damit stürzt das ganze Gedicht ab und bricht mittendrin, eben an dieser konventionellen Bruchstelle, entzwei. Sonst war ich sehr entzückt davon.

Deine beiden Besprechungen: Die Merowinger – ganz entzückend Sonne und Mond – eine wirkliche Würdigung, welche von den bis in's Indiscutable gehenden Schwächen und technischen Unfertigkeiten des Werkes nobel absieht. Ich weiss aber nicht, ob das die Aufgabe eines Kritikers ist. Denn der Kritiker muß sich immer vor die am meisten gefährdete Stelle in der Kunst werfen. Die Meinung, daß die Romanform es gestattet, in größestem Umfange einfach hinzuschreiben, was man sich im Laufe seines Lebens gedacht hat, ist ein fundamentaler Irrtum und ein Sturz kopfüber zurück in's neunzehnte Jahrhundert.

Dein Urteil über Dietrich Weber habe ich dem Autor wörtlich weiter gegeben (er ist z. Zt. Dozent für neue deutsche

Literatur an der Universität in Belgrad). Ich schließe mich Deinem Urteil über das Buch ganz und gar an.

In Wien werde ich Verschiedenes für Dich bereit legen, was Du gewünscht hast: den Aufsatz über die Habsburger als Jakobiner, und einiges andere noch, auch den deutschen Erstdruck der Sonatine, welche Astrid so meisterhaft übersetzt hat. Sage ihr Marias und meine innigsten Grüße, und daß ich mich über ihren Brief vom 22. 2. innig gefreut habe. Die Anthologie mit dem Kratkibaschik ist eingelangt, doppelt, und natürlich auch der englische Abdruck von Trethofen und der Sonatine, welch letztere also englisch früher erschienen ist als deutsch. Für das alles bin ich euch tief dankbar und es hat mich unendlich erfreut. Erwähnen möchte ich auch den Aufsatz über Hermann Broch aus The Times Literary Supplement. Da kann man nur sagen: es kommt alles einmal heraus!

Auch Du wirst nach Deinem ersten Auftreten als Künstler getrost sein müssen, wenn man Dich nicht versteht oder, was der häufigere Fall ist, durchaus nicht verstehen will. Schau Dir eine Schweinerei an, wie sie ein sicherer Herr Humbert Fink (der seinen fehlenden kritischen Standpunkt durch Ressentiments ersetzt) gegen mich im „Monat" los läßt (Mai, Nr. 176). Diese Sache wäre wohl einer scharfen Entgegnung in Form eines Leserbriefes von Deiner Seite wert, da Du ja an einer richtigen kritischen Sichtung Österreichischer Literatur vordringlich interessiert bist. Vielleicht kommst Du noch vor Deiner Abreise dazu. Ich wäre Dir von Herzen dankbar, und eine Stimme aus Amerika würde dem Schmierfink die Hölle wohl heiß machen.

Zuletzt von mir. Ich schrieb in diesem Winter, dieser durchaus krisenhaften Zeit für mich, eine größere Erzählung, „Unter schwarzen Sternen", deren Titel diese Zeit ausreichend kennzeichnet. Es ist hier übrigens das erste mal, daß ich als Künstler das Substrat Krieg und Nazizeit berühre. Die Novelle ist inzwischen in den „Bücher der Neunzehn" erschienen und Du hast den Band vielleicht schon erhalten.

Eine zweite Erzählung, ungefähr gleichen Umfanges, beendete ich vor einigen Tagen. Sie wird im Almanach erscheinen, der zum 200-jährigen Jubiläum des Verlages C. H. Beck im Herbste herauskommt. Neben diesem brachten Winter und Frühjahr freilich noch einiges. Nicht zuletzt die endgiltige Durcharbeitung von Roman Nr. 7, dessen Fahnenkorrektur ich eben lese. Die Spieltriebszentrale in Graz sandte mir eben den Umbruch meiner Gütersloh-Anthologie.

Das wäre nun so die Hauptsache. Es beglückt mich unendlich, daß ich mit Dir und Astrid bald von Angesicht zu Angesicht werde sprechen können. Ich umarme Euch beide.

Heimito

Lieber Ivar!
Der Heimito hat mir die Gedichte, welche Du mir, zusammen mit den Separata, von Das große Erbe (oder einige Zeit danach) zu senden so lieb warst, sofort weggeschnappt und ist damit nach Wien gefahren. Jetzt erst hat er sie mir gebracht und ich konnte diese reizenden Arbeiten genießen. Ich danke Dir auch recht herzlich für die beiden Kinder-Romane des Friedebert Trioglao, die ich ostern angesehen habe. Doch lieber noch lese ich Deinen großen Text über Österr. Literatur oder Deine entzückenden Verse!

Dir und Astrid alles Innige und – auf bald!

Maria

26

Wien, 18. 7. 1963

Mein lieber Ivar! Inniger Dank für Deine Zeilen aus der Römer-Hitze und die recht sehenswerten Photos! Dass ihr Maria noch auf der Durchreise angerufen habt, darüber hab' ich mich ganz besonders gefreut! ~ Kommt Zeit, kommt Goepfert – aber vielleicht brauchen wir ihn nicht. Keinesfalls von einschneidender Bedeutung, angesichts der bei Dir vorhandenen Munition. ~ Maria war glücklich über das, was Du ihr bezüglich Roman Nr. 7 anvertrautest! ~ Sonntags war ich in Sandl bei Eisenreich, hatte eine Automobil-Gelegenheit. Tatsächlich, er sagte auch mir, dass er lange nichts Erzählendes mehr geschrieben habe! Eine Erzählung, die vor drei Jahren entstanden ist, fand ich gut gelungen. Ich wünsche Dir und Astrid in Finnland die besten Ruhegenüsse, und umarme euch beide Heimito

27

Landshut, 30. August 1963

Mein lieber Ivar! Deine große Sendung kam zu spät, als dass ich sie nach Punkarju-Valoniemi noch hätte brieflich bestätigen können. Ich wollte es telegraphisch tun. Aber im internationalen Lexicon, das der Beamte benützte, fand sich wohl Punkaharju, aber ohne das Epitheton. Man widerriet mir daraufhin, das kostspielige Telegramm zu riskieren. Dein Brief vom 15. August war zunächst nach Wien gegangen. Meine Poldi schickt die Post in gewissen Abständen nach Landshut nach: hier erhielt ich die große Sendung erst am 22. August und erfuhr gleichzeitig aus Deinem Briefkopf, dass die finnische Adresse nur bis 25. praktikabel sei. So schreibe ich Dir denn heute (29. VIII) nach Northfield. Ihr seid zur Stunde wohl noch bei Paul Reets in Boston. ~ Mit Paul habe ich freundschaftliche Grüße ausgetauscht und eben einen langen und sehr inhaltsreichen Brief von ihm empfangen, darin er mich – an Hand der eigentlichen Bedeutung des Wortes tulimuld – über das Archaische, welches allenthalben aus der estnischen Sprache noch hervortritt, aufklärt. Damit bin ich aber schon bei den ersten Takten Deines Briefes vom 15. August, an dessen Rand hier jene Postkarte gelegt gehört, die Du mit Astrid zusammen an Maria aus Finnland schriebst (wofür sie euch unten danken wird). Jene Seen habe ich auch gesehen, wenn vielleicht auch nicht in solcher Urtümlichkeit und so tief im Lande. Ich fuhr (1958) mit dem Auto von Helsinki etwa 2–3 Stunden nach Norden. Du sprichst von einer ‚heimatlichen Landschaft'; also ist sie wohl der Estlands verwandt. Und hier kommt nun hinzu, dass Du im Sprachlichen zumindest keine Schwierigkeiten der Verständigung hattest. Ich glaube, es wird auch hier jenes Archaische sein (von dem Paul spricht) auf welchem Du so produktiv Grund gefasst hast! Ich bin auf die Übersetzungen sehr begierig!!! Der Sendung lagen auch Gedichte aus ‚Mana' bei (auch hier weiss ich jetzt, durch Paul, von der deutschen Bedeutung des Wortes). Es sind die ersten estnischen Gedichte von Dir, die ich im Druck sehe. ~ Über Goepfert – Sermann (ihren Brief leg' ich Dir bei – Sorry! [Schneegans]) können wir hinweg gehen. Ich muss Dich um Verzeihung bitten, dass ich Dich da hineingeritten habe! Aber: die Verbindung bot sich eben an, und mit einem ausgesprochenen Lyrik-Verlag. Ganz wohl war mir ja von Anfang nicht dabei.

Ich habe also nunmehr von Dir:
1. Das Gesammt- Ms von Gespiegelter Erde, Exemplar zur verlegerischen Verwendung.
2. Ants Oras/ Acht estn. Dichter (Fahnen)
3. Ivar Ivask/ Viis Lunletust/ Mana 2/ 1959
4. Boris Leonidowitsch P. , Peredelkino 16. Sept. 1959 (Facsimile zur Einsicht)
5. 1 Exemplar ‚Das große Erbe'
Hinzufügen werde ich noch:
6. H v D/ Zur Estn. Lyrik/ in ‚Manuscripte' (corrigiert)
7. Der Bogen (Bändchen, das im Sept. erscheinen wird) mit 3 deutschen Gedichten von Dir und Kurz-Notiz.

Dieses ‚Material‘ kann sich sehen lassen! Und wir beginnen hiemit und damit von neuem. Dazu:

Deutsch-Verlag in Wien: Hände weg! Dort sitzt der Dr. Leber. Das ist sozusagen: ‚Off limits‘. Siegbert Mohn will mir auch nicht gefallen (aber noch eher als Deutsch): ein Verlag für junge Anfänger („opus 1“). Xavers Verbindung könnte man ausnützen. Ich selbst hab’ zudem auch noch eine. Aber, um’s grad heraus zu sagen: so Deutsch wie Mohn, beides Schmarrn. Genügt mir nicht für Dich. Es wird mir besseres einfallen, und die rechte Gelegenheit und Begegnung wird kommen. Die Hauptsache bleibt, dass ich mit den Sachen bereit bin. Und das ist ja der Fall.

Eine andere Sache ist die Anthologie. Ich glaube, das wird garnicht gar so schwierig sein. Den Druck besorgt ja Vaba Eesti.

~

Was Du über Roman Nr. 7 sagst (insbesondere über das Guitarre-spiel der alten Kate am Wasser) hat mich tief bewegt.

Die ‚Frankfurter‘ bringt das Werk schon seit geraumer Zeit in Fortsetzungen und hat das mit Pauken und Trompeten einbegleitet (s. Beilagen) – (Der Aufsatz von Razumovsky ist leider mit Druckfehlern bestreut wie ein Apfelstrudl mit Staubzucker). Die ersten Exemplare der Buchausgabe sind im September zu erwarten. Du erhältst das sogleich. R7/II muss das Um- und Auf und Totale werden, sonst hätt’ ich alles Bisherige eigentlich vergebens gechrieben.

~

Zu APG: seine Unverlässlichkeit ist verlässlich. Da kannst’ nix machen, Ivaček. Anthologie bei der Spieltriebszentrale noch immer nicht.

An Astrid: Verehrte, Geliebte! Ich bin ganz glücklich, dass Dir Roman Nr. 7 gefallen hat! Hoffentlich kann ich Dir bald ein Exemplar zu Füßen legen. Du bist eine literarische Pythia, ich verehre Dich als solche! Mit vielen Handipussis Dein Bewunderer Heimito

Mein lieber Ivar, ich umarme Dich in Freundschaft und übergebe die Feder an Maria. Stets Dein Heimito

Liebe Astrid und Ivar!
Ich danke für den lieben Gruß aus Finnland und freue mich, daß Ihr dort die Euch verwandte Umgebung gefunden habt und daß Ivar daraus eine so große Produktivität zog! Ich denke eurer allezeit in Freundschaft und grüße Euch recht herzlich

Maria

p. s. Schreib' gelegentlich, ob Dich mein über Dr. Grünthal, Göteborg, gesandter Brief erreicht hat.

28

Landshut, 31. August 1963

Mein lieber Ivar! Eben Dein Aerogramm, ich sende also diesen Brief nach Paris! – Unglaublich dieser elementarische Ausbruch von Formungen in estnischer Sprache! Archaische Schichten! ~ Lehmdens Einverständnis ist ein großer Glücksfall! Gut, dass ich davon weiss! Ich danke Dir sehr! Bussi an Astrid, ich danke ihr! Sei umarmt! Heimito

29

17. Februar 1964

Mein teurer, lieber Ivar!
Mit ohrenbetäubendem Krachen sprang in den letzten Tagen das bis zu einer Höhe von mehreren Metern aufgestaute Post-Packeis. Dies infolge einer Dynamit-Sprengung. An-

ders: Ich glaube mir jetzt über die Composition von Roman Nr. 7/II ins Klare gekommen zu sein, was die Landshuter gute Ruh' und Marias Fürsorge wesentlich gefördert haben. Der Rückstoß und Luftdruck beim Aufsprengen des Pack-Eises war so bedeutend, daß ich durch mehrere Minuten in eine Ecke meines kleinen Arbeitszimmers (das Du kennst) geklebt verblieb, mit hervorquellenden Augen und auffallend klein aussehend (etwa so wie in ‚Drei neuerliche Wutanfälle' Nr. 3). Eines voraus: Deine Briefe lese ich immer mit größester Sorgfalt.

So beginne ich denn mit dem wichtigsten. Es steht in zwei Briefen, dem vom 2. November und dem ersten Brief des Jahres 1964 (10. Januar). Bevor ich von den Estnischen Gedichten spreche, muß von den deutschen, also von ‚Gespiegelte Erde' die Rede sein.

Du mußt mich hier als Deinen Sachwalter betrachten und es wäre verfehlt, wenn Du vermeintest, hier geschähe nichts. Im Gegenteil. Ich habe in dieser wichtigen Angelegenheit immer irgend ein Eisen im Feuer was mir durch zwei Umstände wesentlich erleichtert wird. 1.) daß ich jenen Aufsatz über Estnische Lyrik voriges Jahr publizierte und dadurch einen Abriß in der Hand habe, mittels welchem ich jede verlegerische Person kurz einweisen kann. Denn, wer von diesen Menschen weiß schon etwas von Estland? Den 2.) Vorteil bildet der Umstand, daß ich ‚Gespiegelte Erde' zweimal besitze, und zwar in einem nicht-autorisiertem (oder sagen wir: nicht vollendeten) Exemplar, und in einem giltigen. Jedoch ist auch das nicht ganz komplette Exemplar durchaus geeignet um – nach Einweisung durch meinen Aufsatz – einen Begriff von der Sache zu vermitteln. Mit dem kostbareren definitiven Exemplar würde ich gegebenen falls erst herausrücken, wenn's ans Drucken geht.

Ich habe in dieser Angelegenheit immer irgend ein Eisen im Feuer.

Damit gehe ich kurz über zu ‚Winterliches Wien', welches

mir in deutscher Übersetzung vorliegt. Es ist schon in dieser von ausserordentlicher Schönheit – und ich kann mir von da aus etwa vorstellen wie der Wind auf estnisch singt.

Analoges gilt von dem mehr Epigrammatischen (‚Von der Einfachheit').

Bei Dir wird jetzt große Zeit sein. Die beiden Pylone (das estnische und das deutsche lyrische Werk) sind vollendet, die literarhistorische Arbeit in Bezug auf Estland ebenfalls, und ich hoffe, daß Du Dich auch durch die „allerlei Referate" bald hindurch gearbeitet haben wirst, und daß Dir jetzt im Februar wirklich und endlich die Freiheit und die schöpferische Arbeit winkt.

Ernst Erich Noth hat diese Freiheit mit einem Tigersprung erreichen zu müssen vermeint. Fatologisch – und dies allein kann meine Betrachtungsart sein – ist mir der Vorgang noch nicht deutbar. Zudem erfahre ich jetzt von Dir, daß er den Sprung unter bedeutenden Belastungen vollzogen, nämlich drüben eine Familie hinterlassen hat und von einer verheirateten Studentin, mit Kind, begleitet ist. Daß er nicht allein reist, habe ich übrigens schon aus einem seiner Briefe entnommen. Noth hat sich noch vor seiner Abreise aus USA mit mir in Verbindung gesetzt. Ich tat in dieser Sache alles was in meinen Kräften stand, und einiges davon glückte. Beim Österr. Unterrichtsministerium konnte ich ein Stipendium für seinen Aufenthalt in Wien erwirken, für zwei Monate, ferner habe ich ihn mit der Österr. Gesellschaft für Literatur (einer Spieltriebszentrale des Unterrichtsministeriums) und auch mit dem Biedersteinverlag in Verbindung setzen können. Er beabsichtigt zwei Publikationen. 1.) Eine weltliterarische Chronik über 30 Jahre, dargestellt in Begegnungen (das wird viel Geld für ihn kosten, durch Reisen, und ausserdem ist es überhaupt eine Heidenarbeit), 2.) Die Publikation eines neuen Romanes. Das letztere ist ihm bereits gelungen, dieses Buch wird unter dem Titel ‚Le Passé nu' bei Plon in Paris erscheinen. Es ist in den Nouvelles Litteraires bereits angekündigt, ich versuche den Biedersteinverlag für die deutsche Ausgabe zu gewinnen, habe aber den Eindruck, daß ich dort mit Noth meine Not haben werde. Natürlich zieht man alles ernsthaft in Erwägung. Aber wir kennen das ja. Ein Verleger muß auf Anhieb beissen, wie der Fisch auf den Wurm, sonst wird es nicht das rechte. Noth wird am 12. März in der Österr. Gesellschaft für Literatur in Wien sprechen und ich werde ihn einleiten. Selbstverständlich habe ich auch den PEN-Club alarmiert. Das ist so ziemlich alles was ich tun konnte. Noth schreibt mir aus Wien, daß er überall Entgegenkommen und Gastfreundschaft gefunden habe. Aber ich fürchte er wird die Spieltriebszentralisten und auch die Zihals kennen lernen. Na servus! Zu seinem Roman: (Ich kenne das deutsche Manuskript): Ein erstaunliches Buch, rabiat, ungestüm, in kurzer Zeit entstanden, so daß manches nur mit ein paar Strichen gegeben wird und nur am Rande; jedoch hat er ein ganz unwahrscheinliches Glück mit der Komposition gehabt, die unglaublich tragfähig und wirksam ist, und die Erzählung immer mehr dynamisch zu steigern vermochte, so daß sie am Ende in einem dramatischen Donnerwetter nach dem anderen ihre Entladung findet. Dieser Mann ist kompositionell unwahrscheinlich begabt, in einem Grade, der alle Flüchtigkeiten und Verwilderungen gänzlich überwiegt. Dazu kommt, daß die sprachliche Faktur von äusserster Schlichtheit ist, so daß angenommen werden kann, dieser Roman müsste sich sehr rasch weit verbreiten. Letzteres schrieb ich auch in mein Gutachten für den Verlag. Unter uns: alles ist noch in der Sphäre des autobiographischen. Wenn es Noth gelingen könnte über diese Sphäre hinaus zu gelangen, und selbstverständlich die Kunst pfleglicher zu üben, dann könnte von ihm Großes erwartet werden. Doch das ist eben die offene fatologische Frage. Alt genug wäre er ja schon, um etwas gesammelter zu werden. Vorläufig sagt der blosse graphische Aspekt seiner Manuskripte ein genaues Gegenteil.

Ich bin sehr glücklich, daß Du estnisch soviel publiziert hast – 21 Gedichte, das ist allerhand. Ich wünschte mir sehr, daß die estnischen und die deutschen Publikationen Deiner Lyrik sich immer die Wage halten würden, weil dies dem wirklichen Sachverhalt und den Verhältnissen des jetzt abgeschlossenen, wenn auch noch nicht sichtbar gewordenen lyrischen Werkes entspräche. Wenn einmal beide Bände vorliegen werden, wird sich das auch optisch sinnfällig ausdrükken. Die Druckbogen der Oras-Antologie liegen in Wien. Ich werde sie bald sehen, und den Verlag zu finden wird keine so großen Schwierigkeiten machen, weil, wie Du schreibst, der estnische Exil-Verlag die Kosten übernimmt. Es soll aber doch kein Massengrab werden, etwa bei Sigbert Mohn.

Die von Dir verfassten Besprechungen und den großen Artikel für die Enzyklopädie habe ich alle sorgfältig gelesen. Der Dr. Weber kann sich gratulieren! Über die Merowinger ist leider nur eine einzige Besprechung erschienen – obwohl das Buch viel acclamiert wurde – welche im Erfassen der humoristischen Komponente an Deinen Aufsatz im Books Abroad heranreicht. Mehrere große Aufsätze versuchten allzusehr Hintergründigkeiten und Zeitkritik in den Roman hinein zu interpretieren. Ich lege Dir die erwähnte Besprechung bei. – Roman Nr. 7 hat einen weitgehenden Widerhall gefunden und zahlreiche große Rezensionen. Hier wurde im allgemeinen schon das Wesentliche der Sache richtig erkannt. Ich würde Dir gleich Rezensionen schicken doch habe ich die wichtigeren alle in Wien.

Wenn Dir der Enziklopädie-Beitrag über Gütersloh ebenso gut gelungen ist wie der über mich, dann kann sich der Alte gratulieren! Es ist doch eine aufopferungsvolle Arbeit, derlei zu machen, ich habe das, oder eigentlich nur Ähnliches, bei Gelegenheit der Gütersloh-Anthologie kennen gelernt.

Aber Du stehst jetzt in einem guten Gewissen, denn das

Hauptwerk ist getan, und dies will, bei so jungen Jahren, schon viel heissen! Mit gutem Gewissen darfst Du Dich ins Kritische werfen, worin übrigens nicht wenige Lyriker der Weltliteratur sehr groß gewesen sind: ich erinnere hier nur an Charles Baudelaire und Stéphan Mallarmé, oder um ein Dir näher liegenderes Beispiel zu gebrauchen, an Gustav Suits. Auf das Buch über den Österreichischen Roman bin ich mehr als gespannt. Die beiden Reihen die Du aufgestellt hast finden durchaus meine Billigung.

Schade daß Du nicht im Forum aus der „Gruppe 47“ Kleinholz gemacht hast. Es wäre aller-höchste Zeit. Den Roman Nr. 7 hat dort inzwischen ein übelwollender Idiot besprochen, von dem Eisenreich einmal geschrieben hat: es gibt in Wien einen Fürsorger namens Hardtl, der sich in seiner freien Zeit für den Karl Kraus hält. Ja, Du hast recht, 1963 war wirklich ein annus mirabilis für uns beide. Ich könnte übrigens leicht schon eine zweite Sammlung von Erzählungen zusammenstellen, denn ich schrieb 1963 noch sechs kleinere (neben allem Übrigen und Dir Bekannten nämlich) und jetzt im Januar noch eine etwas längere. Aber ich will damit zuwarten.

Inzwischen habe ich mit Guillén Kontakt gewonnen, selbstverständlich von jenem Gedicht ausgehend, das Dir so nahe steht (‚Vom Lauf der Zeit‘). Ich stieß gleich auf die ‚Tréboles‘. Von dieser Seite also bin ich in Guilléns Dichtung eingestiegen, auch in die Zyklen. Obwohl der spanischen Sprache nicht mächtig, sondern nur Latinist, stieß ich, vor einiger Zeit schon, auf dichtungsfremde Fehler der Übersetzerin. Beispiel in Seite 105 (Gegen den Strom):

Me apoyo en mi vision ... übersetzt sie (Baumgardt): Und halte mich an dies Gesicht ... im Lateinischen, Französischen und Spanischen hat das Wort Vision eindeutig das geistige Erlebnis von solcher Art als erste uns aus dem Worte entgegen tretende Bedeutung. Bei ‚Gesicht‘ ist das keineswegs der Fall. ‚Gesicht‘ bedeutet: 1. Antlitz, 2. den

Gesichts-Sinn, und erst 3. eine Vision. Das Wort wäre also von der Übersetzerin einfach beizubehalten gewesen. Sie teilt jedoch die dumme, schullehrerhafte Scheu der Deutschen vor Fremdwörtern. – Guillén ist nicht nur ein großer sondern vor allem auch ein überaus sympathischer und sehr männlicher Dichter: besonders gern habe ich das ‚Liedchen zum Aufstehn'. Die spanische Orthographie bietet den Vorteil, daß jeder Ausrufungs-oder Fragesatz nicht erst am Ende, sondern schon am Anfang als solcher gekennzeichnet ist, durch die Interpunktion. Ich habe das sehr angenehm empfunden, und bedaure, daß es sich im Deutschen nicht so verhält.

Jener Brief von Dir, welcher auch die Originalaufnahme eines Shortman von H. & Qu. enthielt ist erstaunlicherweise durchgerutscht, obwohl die Firma – nachgewiesenermassen! – eine Briefzensur unterhält, deren sehr diskrete und wirksame Methoden allerdings noch nicht erforscht sind. Doch glaube ich, daß der Brief mich niemals erreicht hätte, wenn es Dir gelungen wäre, das Männlein von vorne zu photographieren.

– Ich möchte hier auch noch den Aufsatz von David Jones ‚Proust and H. D.' erwähnen. Es ist eine gescheidte und kenntnisreiche Arbeit, gescheut und ungescheut, denn er nimmt sich kein Blatt vor den Mund wenn er mir als Erzähler die größere Dynamik zuspricht. – Die ‚Amokfahrt eines 18jährigen Autodiebes' dürfte wahrscheinlich im Sinne einer Parodie auf mich der Redaktion der ‚Presse' von H. & Qu. eingesandt worden sein.

Soweit für heute. Auf einiges werde ich wohl noch zurückkommen müssen. Mit gleicher Luftpost gehen nun doch auch Besprechungen über Roman Nr. 7 an Dich ab, welche ich hier vorgefunden habe.

Sage Astrid, daß ich ihren ganz reizenden Brief hoch zu schätzen weiss und jetzt wieder mit Aufmerksamkeit gelesen habe. Ich werde ihr gesondert schreiben.

Ich umarme Dich von Herzen und werde bald wieder von mir hören lassen.

Heimito

Dir und Astrid viele innige Grüße!

Maria

30

Landshut

Meine liebe, verehrungswürdige Astrid!

Deinen Brief vom Oktober habe ich hierher mitgenommen, neuerlich gelesen und ihn auch meiner Maria vorgelesen. Es ist ein bewunderungswürdiges Wissen um die Sprache, was immer wieder zu mir aus diesem Briefe spricht. Im vorliegenden Falle versichert es mich meiner seit jeher bestandenen Überzeugung, daß Sprache rhapsodisch geprüft werden muß, um sich zu bewähren, und vielleicht hat es sogar sein gutes, wenn man diese Prüfung durch eine mechanistische Wiedergabe verschärft. Ich war keineswegs gut bei Stimme als die Akademie der Wissenschaften in Wien jene Aufnahme („Stimmporträt" nennen sie das dort) für ihr Phonogramm-Archiv machte, und mir einige Zeit später jenes Duplikat des Tonbandes überreichen ließ, nach welchem Ivar seine Platte hat herstellen lassen. Dennoch scheint man mit den Unreinigkeiten des Tones irgendwie fertig geworden zu sein.

Ich habe einen schweren Winter hinter mir, der sich mit vielen Stauchungen und Hemmungen auf die Composition von Roman 7/II zubewegte (von mancherlei anderen Arbeiten zu schweigen). Doch scheint es jetzt, daß dieses Werk mir aufgeht, als eine überraschend nahe Sonne das Gewölk der Depression durchbrechend. – Man hat sich beim Biedersteinverlag entschlossen, heuer im Herbste meine Tagebücher von 1940 – 1950 herauszubringen, und ich ertrinke in Correcturfahnen. Das Manuskript hat 1060 Seiten Maschinschrift. Ivar kennt es zum guten Teil. Mir dient es jetzt als Schutzschild (testudo) um dahinter den zweiten Teil von Nr. 7 durchzuführen. Nun, genug! Ich wollte Dich eigentlich nur von ganzem Herzen grüßen!

stets Dein Heimito

Viele, innige Grüße!
Maria

31

Wien, 14. März 1964

Mein lieber Ivar!
Deinen Brief vom 27. Februar habe ich schon einige Zeit. Inzwischen wird Ernst Erich Noth bereits in Wien herumgereicht, was ihm zwar ganz gut tut, aber ihn doch bei der Arbeit behindert. Deine Grüße an ihn habe ich gestern ausgerichtet, er erwidert sie herzlich. Als Adresse ist eigentlich nur die des Biederstein-Verlages praktikabel, oder auch die von Plon in Paris. Er zigeunert vorläufig.

Ich habe in meinem letzten Brief etwas ausgespart, und zwar Deine Besprechung der ‚Wasserfälle von Slunj', die mir in Landshut nicht zur Hand war. Ich finde diese Besprechung ganz ausgezeichnet. Sie ist einläßlicher als jene der ‚Merowinger', was am Ende aber auch verständlich erscheint. ‚A mellowed Doderer'. Das ist schon sehr gut. Du siehst doch hier ganz deutlich die Kontinuierlichkeit der Entwicklung von der ‚Strudlhofstiege' bis zu ‚Nr. 7'. Ein Kritiker muß den Autor kennen, über welchen er schreibt, und weit über den Rand des gerade aktuellen Werkes hinaus. Erst dann wird er dieses Werk orten können, wie es Dir im Falle der Fälle gelungen ist.

Ich stehe Deiner Anregung mit der Nymphenburger Verlagshandlung (für die estnische Lyrik) positiv gegenüber und werde mich schon in der nächsten Zeit mit Bertold Spangenberg, dem Eigentümer der Nymphenburger Verlagshandlung, in Verbindung setzen. Ich stelle mir die ganze Sache nicht allzu schwer vor.

Mienzi schickte mir das Gedicht von Edfelt, das Du ihr sandtest. Es ist sehr schön. Ich kenne Edfelt persönlich aus Stockholm, wo er an einem Déjeuner teilnahm, das der Stockholmer PEN für mich gab. Ich habe ihn dann einmal in Frankfurt wiedergesehn. Er ist ein feiner, aber, wie mir scheint, nicht leicht zugänglicher Mann. Er hat mir seine Trakl-Ausgabe geschenkt.

Ich kann mich hoffentlich bald wieder mit Neuigkeiten melden.

Bis dahin umarmt Dich herzlich Heimito

Handipussi an die Pythia!

32

Wien, 21. April 1964

Mein lieber Ivar!

Ich danke Dir innigst für Deinen Brief vom 19. März. Ich freue mich, daß Du Eisenreichs Urgroßvater besprechen willst. Du wirst inzwischen dies alles hinter Dir haben und schon tief in Deinem Buch über den österreichischen Roman stecken.

Heute übersende ich an Berthold Spangenberg (Nymphenburger Verlagshandlung) die Oras-Anthologie. Einen Durchschlag meines Briefes an Spangenberg lege ich Dir hier bei. Spangenberg erhält auch gleichzeitig zu seiner Orientierung meinen Aufsatz über Estnische Lyrik.

Du bist überrascht über Every Man is A Murderer! Die

New York Times haben bereits positiv reagiert, ebenso ‚Time', dessen Rezensent allerdings das Buch ganz offenbar nicht gelesen hat.

Mir ist der alte Knopf nicht genügend nahe, als daß ich ihn auf etwas hinweisen könnte. Ich würde ihm an Deiner Stelle ohneweiteres selbst schreiben und ihm Abschriften beider Enzyklopädie-Aufsätze schicken, sowohl des Aufsatzes über mich wie desjenigen über Gütersloh.

Diesen letzteren habe ich natürlich erhalten! Er kann wohl auf solchem knappem Raume unmöglich übertroffen werden. Kein Wunder! Du weißt ja über Gütersloh mehr als alle anderen zeitgenössischen Germanisten miteinander.

Noth ist wieder in Frankreich. Er hat in Wien durchaus alles erreicht, was er wollte, wobei ich kräftigst half, in der Münchener Wilhelmstraße rein gar nichts.

Grüße innigst die Pythia! Von mir und von Mienzi! Und sei von uns beiden allerherzlichst gegrüßt!

Stets Dein Heimito

PS. : Diesem Brief liegt bei: 1.) Mein Brief an Spangenberg (Durchschlag); 2.) ein Ausschnitt über Nikolaus Lenau; 3.) eine vergrößerte Aufnahme von Mienzi und mir, auf welcher man noch den Zipfel vom Weihnachtsbaum sieht.

33

Wien, 4. Mai 1964

Lieber Ivar!
Herzlich danke ich Dir für Deinen letzten Brief, den ich gleich an Mienzi weitergereicht habe (sie kommt übrigens in vierzehn Tagen nach Wien), damit sie lesen könne: ‚tapfere Mienzi, von faunischem Dämon umschwebt'.

Viel Interessantes. Von dem Spangenberg noch nichts.

Aber vielleicht wirst Du was hören. Am wichtigsten scheint mir Dein nun vorliegender Entwurf zu ‚Austria in the Novel'. Ich kann mir danach das Werk einigermaßen vorstellen und finde es sehr gut, mit einer gewissen Steigerung aufgebaut. Bei Gelegenheit schreibe mir etwas über die Absicht des Epiloges (Aspects of the Austrian Novel). Das dürfte ja eine Art von Zusammenfassung sein. Auf das Ganze bin ich mehr als gespannt. Hoffentlich ist das Erscheinen nicht allzu fern.

Herzlich freue ich mich darüber, daß Dein gesamtes estnisches lyrisches Werk jetzt in Schweden herauskommen wird. Leider habe ich von Herrn End bezüglich der Ausgabe Deiner deutsch geschriebenen Gedichte noch keine Nachricht. Er befindet sich nämlich zur Zeit im Orient, um seinen Sohn zu besuchen, welcher Attaché in Beirut ist.

Grüße Astrid innigst von mir und sei herzlich umarmt

Heimito

34

Dubrovnik, 10. Mai 1964

Mein lieber Ivar!

Endlich komme ich zu Deinem lieben Brief vom 8. Mai! An diesem Tage hielt ich eine Rede im griechischen PEN Club in Athen über „Die Wiederkehr Österreichs – mit einem Blick auf seine derzeitige Literatur" (in französ. Sprache). Unter uns gesagt: die Leute haben dort von nichts eine Ahnung. Stifter, Nestroy, Musil, Kraus – noch nie gehörte Namen! Was hat der Internationale PEN Club eigentlich in den drei Jahrzehnten seines Bestandes getan und geleistet? In Agram (‚Österr. Lesehalle') war's freilich was ganz anderes! Wir fuhren – oder eigentlich flogen – dann nach Dubrovnik.

Spangenberg anbei, et exit*. ~ Herr End soll nicht selbst

Dich verlegen, behüte (Lyrik beim Biedersteinverlag – quod non!) aber er hat einen richtigen Verleger für lyrische Dichtung an der Hand, in München. Den will ich für Dich haben. Hierüber dann aus Wien.

Der Knopf hat eine gewisse Ähnlichkeit mit der Wilhelmstraße.

Der Prof. Erich Heller war in Wien bei mir. Ein lieber Mann. Hat keinen Dunst!

Für heute nur dies voraus. Ausführlicher dann aus Wien. Ich muss sagen auf die „Kritische Rechtfertigung der Auslassung einer Reihe von Romanciers" bin ich mehr als gespannt! Derartiges wäre – aus österr. Sicht – ein geradezu ungeheuerliches Novum.

Grüße Astrid innigst!

Es umarmt Dich Heimito

Vielen Dank für Deinen Brief. Antwort folgt. Innige Grüße
Maria

* Herr Walther von der Vogelweide (in der Elegie):
sam in den wac min slag
Auch hier war's ein Schlag ins Wasser. Du siehst, wie schwer das alles ist!

35

Wien, 10. September 1964

Mein lieber teurer Ivar!
Endlich zu Deinen Briefen von Ende Juni und Anfang Juli. Das Frappanteste daran ist Dein in beiden Briefen erwähntes schwankend gewordenes Verhältnis zu Ferdinand von Saar. Ich muß hier sagen: das habe ich kommen gesehen. Denn selbst die großartige Erzählung ‚Leutnant Burda' zeigt keine

Autochthonie der Sprache. Ich habe das lebhaft gespürt beim ersten Lesen. Gesagt habe ich darüber allerdings nichts. Daß Ferdinand von Saar gleichwohl eine der allersympathischsten Gestalten der österreichischen Literatur bleibt, unterliegt keinem Zweifel. Man braucht nur sein Leben ansehen, welches ein durchaus heroisches war. Es ist beglückend zu wissen, daß ihm auch der äußere Sieg nicht gefehlt hat.

Jetzt kommen also Deine estnischen Gedichte heraus, in Lund. Von der ‚Arena' habe ich jedoch nicht diejenige Nummer erhalten, welche vier Deiner deutschen Gedichte bringt, sondern nur jene mit der Rezension über Dein Buch ‚Das große Erbe'.

Ich war mit Mienzi zweimal in Agram, dem noch immer sehr österreichischen. In Athen war ich ja allein. Ich kann mich nicht entschließen, jetzt nach Griechenland zu fahren, da dieser Staat durchaus vor einer jeden Tag möglichen Mobilisierung steht. Ich weiß allzu gut, was das heißt: eine Rückreise mit fünfzehn Mal Umsteigen zwischen Athen und Belgrad.

In Slunj waren wir nicht. Dagegen ist der Dr. Dietrich Weber dort gewesen, hat auch alles photographiert. Die Veränderungen sind desaströs. Von den Mühlenhütten stehen nur zwei oder drei am Rande, vor die Wasserfälle hat man die große Brücke der Autobahn gebaut, und außerdem offenbar irgendwas in die Luft gesprengt, wahrscheinlich der Elektrizitätsgewinnung wegen. Ich bin froh, daß ich nicht – wie es ursprünglich ja meine Absicht gewesen ist – hingefahren bin. Ich hätte meinen Roman möglicherweise gar nicht so beendigen können wie er heute dasteht.

In bezug auf Deine deutschen Gedichte hat Gustav End bis jetzt bei Bechtle in München noch nichts ausgerichtet. Ich kann mich des Eindruckes nicht erwehren, daß in Deutschland alle Verleger, die mit Lyrik zu tun haben, in irgendeiner Weise von Exponenten der ‚Gruppe 47' beherrscht werden. Das große Gegengewicht dieser Leute ist mit dem Tode Sieburgs nun auch dahingegangen.

Roman Nr. 7/II hat im Juli und August sozusagen die Krallen gezeigt und eine ganz neue Gestalt angenommen.

Wenn ich die Anthologie ‚Acht estnische Dichter' ansehe, dann bedauere ich es sehr lebhaft, daß Du nicht darin vertreten bist. Das gleiche hätte ich übrigens auch dem Ivar Grünthal gewünscht. Das Bändchen, zu welchem Du die Einleitung geschrieben hast, enthält immerhin drei ins Deutsche übertragene Stücke, die meine größte Aufmerksamkeit hatten. Aus der Vorrede von Ants Oras zu den ‚Acht estnischen Dichter' ist deutlich zu entnehmen, daß die estnische Dichtung in der Emigration, und gerade in dieser, einen Höhepunkt erlebt hat. Es hat mir herzlich leid getan, daß ich diesen Band nicht bei den Nymphenburgern unterbringen konnte.

Ich sende Dir gleichzeitig als printed matter einige Wiener Besprechungen über die Aufführung der ‚Letzten Tage der Menschheit' hier in Wien. Ich war natürlich nicht drin, weil auf keinen Fall bereit, mir meine Vorstellung von diesen Sachen durch irgendeine wie immer geartete Regie kreuzen und stören zu lassen. Zudem war von vornherein klar, daß es sich nur um die Aufführung einer Art von Anthologie aus dem Werk handeln konnte.

Mienzi sagt mir durchs Telephon die allerbesten Grüße für Astrid und Dich. Ich lasse Astrid die Hand küssen.

Sei herzlich umarmt Heimito

36

Wien, 29. September 1964

Mein lieber teurer Ivar!

Ja natürlich, ich habe Dein Telegramm zu meinem Geburtstag erhalten, gleich hat es mir Mienzi von Landshut durchtelephoniert. Es ist den short men diesmal nicht gelungen.

Die „Tangenten“ sind erschienen und schon auf dem Wege zu Dir. Jedoch wirst Du Deine Besprechung im Forum wohl erst im Dezemberhefte publizieren können.

Deinen Lenau-Essay im Maiheft von Wort in der Zeit werde ich mir geben lassen, ebenso wie jenen von Prof. Dr. Blauhut über mich, denn auch diesen Aufsatz habe ich noch nicht gesehen.

Deine poetologische Eröffnungsrede hätte ich gerne gehört. Für den Text wäre ich gelegentlich sehr dankbar.

Das Wichtigste sind und bleiben bei alledem die estnischen Gedichte. Es ist ein rechter Schmerz für mich, daß ich niemals an diese originalen Texte werde herankommen können.

Wenn Ihr nächsten Sommer kommt, dann hoffe ich sehr, daß Ihr nicht zum PEN-Kongress in Dubrovnik fahrt. Ich würde es nur begrüßen, wenn Du dort als Vertreter Österreichs auftreten könntest. Aber das ist nun leider unmöglich.

Mienzi läßt innigst grüßen. Sie hat für Dich aus dem Diplom der Bayerischen Akademie die Begründung abgeschrieben. Ich lege das hier bei. Außerdem eine Zuschrift aus dem Jahre 1963 des Finanzamtes Wien IX. , welche in den Eigennamen der beiden Unterzeichner ganz Österreich impliziert zeigt. Vielleicht gehört hierher auch der Ausschnitt über die Gründung einer internationalen Lenau-Gesellschaft in – Stockerau.

Innige Grüße an Astrid. Es umarmt Dich herzlich

PS. : Es stimmt, dass „Wort in der Zeit“ besser scheint. Vielleicht ist es aber auch nur eine zufällige Aufwallung.

p. ss. mit einer solchen Sorgfalt, wie Du Guillén behandelst, wünscht man Kritisches gearbeitet zu sehen (mein neuer Sekretär – 21 – kann spanisch lesen).

37

7. Oktober 1964

Mein teurer Ivar! Zu meiner Freude heute die ‚Arena' mit den vier deutschen Gedichten von Dir! ‚Nach der Flucht' ist vielleicht das Schönste von allem, was Du gemacht hast; danach kommt gleich: ‚Vision von Wien'. Die beiden Druckfehler am Anfang von ‚Venezianische Wendung' sehr ärgerlich. ~ Hier eine erste wirkliche Würdigung der ‚Tangenten' im Literaturblatt von ‚Die Welt' (Hamburg – Berlin), das alle 14 Tage erscheint. ~ Ich danke Dir ganz besonders herzlich für die vier Gedichte! Ihr Erscheinen hat mich innig erfreut!

Handkuss an Astri! Sei umarmt Heimito

38

Wien, 1. November 1964

Mein lieber Ivar!

Dein letzter Brief vom 17. Oktober hat mich wirklich entzückt. Ich danke Dir von Herzen. Inzwischen habe ich Deinen Lenau-Essay genau gelesen. Der Untertitel, die Frage nämlich „Vorläufer der Moderne oder Nachzügler des Barock?" wird von Dir mit „beides!" beantwortet. Damit ist die Continuität österreichischer Literatur ausserhalb der Discontinuität dessen gesetzt, was man mit einem noch immer üblichen, viel zu weiten Terminus „Deutsche Literatur" nennt. Der Aufsatz ist ganz vorzüglich. Ich freute mich ausserordentlich, die herrlichen Verse „Es braust der Wald ... " darin zu finden.

Ich lege Dir hier zwei umfängliche Besprechungen der „Tangenten" bei, von welchen diejenige des mir sonst nicht sehr gewogenen Günter Blöcker die weitaus höhere Qualität hat. Was Karl August Horst in der Zürcher Zeitung schreibt, muss, damit verglichen, als gehobenes Feuilleton bezeichnet werden, zum Glück sehr ausführlich.

So weit für heute. Was Roman Nr. 7/II betrifft, so mache ich die Composition auf den Reissbrettern diesmal bis zu einem Grade der Genauigkeit, dass ihre ja in jedem Falle vorhandenen technischen Fehler bereits ante scriptum sich herauskristallisieren. Damit wird viel spätere unfruchtbare Mühe erspart.

Grüße Astrid inniglichst von mir. Ich werde in etwa acht Tagen zur Mienzi fahren.

Ich umarme Dich herzlichst Dein Heimito

ps
mit gleicher, gewöhnl., Post sende ich Dir ein Heft von ‚Wort i. d. Zeit' das manches auf Gütersloh bezügliches und eine Arbeit über meine kleinen Prosastücke von R. Blauhut enthält (S. 69)

39

Wien, 29. November 1964

Mein lieber Ivar!
Ich freu mich, dass Du die Wendung, die Blöcker zu mir hin gemacht hat, richtig wertest. Er hat diese Wendung auf einem hohen Niveau und auch mit einer großen Eleganz vollzogen. Doch ist's nun einmal bei denen Deutschen so beschaffen, dass sie der Gestalt oder Gestaltung, im Leben oder in der Kunst, nicht froh werden können: nein, es muß Ihnen der Knochen des Denkens dargeboten werden. Da ich selben Knochen aus meinen Romanen nicht gern lasse hervorstehen, so habe ich ihn mittels der Tagebücher gesondert serviert, und jetzo hat jeder Blöcker sein Schinkenbein und ist's zufrieden.

Der Eisenreich-Essay ist durchaus Kunstwerk. Ja, der Essay beruht auf dem erstmals von Max Liebermann ausgesprochenen reduktiven Prinzip. Über den estnischen Gedichtband bin ich deshalb glücklich, weil mir Astrid jetzt einige dieser lyrischen Werke ins Englische übersetzt hat. Dabei eine überraschende Erkenntnis: das englische Vokabular hat zweifellos in der lyrischen Dichtung gewisse Vorteile, was man auf den ersten Blick gar nicht gleich glauben möchte. Beispiel: das Wort „horizon" ist tonal jedenfalls leichter und besser in einem Verse zu plazieren als das deutsche „Horizont". Es gäbe noch andere Beispiele dieser Art. Von den Gedichten berühren mich natürlich am meisten „Winterliches Wien" und „Frühling in Schönbrunn". Das stärkste der mir englisch vorliegenden ist jedoch ganz zweifelsohne jenes unveröffentlichte, mit den Metamorphosen eines Olivenbaumes. „Zwielicht" kann mit seinen fünf Zeilen als ein einmaliger Treffer bezeichnet werden.

Bitte sage Astrid auch meinen Dank für die Übertragung der großen Kadenz aus der ‚Strudlhofstiege'. Ich habe das gestern genau gelesen und darüber nicht wenig gestaunt.

Die ‚Tangenten' werde ich in etwa acht Tagen (von München aus) mit Widmung versehen und absenden.

Auf die drei kategorischen Seiten zur österreichischen Literatur der Gegenwart in ‚Wort ohne Raum' bin ich außerordentlich gespannt. Ich selbst steuerte zu dieser Jubiläumsnummer eine ordinäre Erzählung bei.

Es grüßt Astrid und Dich allerherzlichst stets Euer

p. s.
Eisenreich-Essay liegt bei!

40

Wien, 13. Jänner 1965

Mein lieber Ivar!
Allerherzlichst danke ich Dir für das zweite Exemplar der Sammlung zwischen 1958 und 1963 entstandener estnischer Gedichte, insbesondere aber dafür, daß Du mein Lieblings-Stück, die „Ruhe auf der Flucht" mir vorne hineingeschrieben hast. Es bleibt nun dieses Gedicht leider das einzige in dem Buche, welches ich zu lesen vermag, aber seine außerordentliche Schönheit möge für die aller anderen stehen.

Mienzi und ich haben diesmal Weihnachten und Neujahr in Wien verbracht, der Abwechslung wegen, und wir wollen auch zunächst hier bleiben.

Die November-Nummer des ‚Forum', mit Deiner Besprechung der Schweizer Anthologie, werde ich mir leicht verschaffen können. Was die Notiz der Stengel betrifft, so wundere ich mich gar nicht. Sie hat in ihrer Besprechung meiner ‚Merowinger' sogar die Eigennamen verändert.

Die Reaktion Guilléns auf die neun von Astrid ins Englische übertragenen Stücke ließ ich mir auf der Stelle von meinem Secretarius, welcher des Spanischen kundig ist, übertragen. Ich finde diese Worte des spanischen Dichters nicht nur beglückend, sondern geradezu groß in der Diction.

Die innigsten Wünsche für dieses beginnende Jahr Astrid und Dir von Mienzi und mir! Wir gedenken Eurer täglich und freuen uns auf Euer Kommen im Sommer!

Stets Dein Heimito

PS. : Bitte teile mir mit, bezüglich Deines Magnetophons: a) ist es vierspurig? b) welche Geschwindigkeiten hat es?

Ich könnte Aufnahmen auf Band senden.

41

Wien, 1. Februar 1965

Mein lieber Ivar!
Die Tonbänder werden kommen. Auf Deine Besprechung der ‚Tangenten' im Forum bin ich nicht wenig gespannt.

9000 Philologen in drei Riesenhotels ist durchaus eine Zwangsvorstellung. Immerhin spukte unter ihnen Heimito herum, und zwar, wie aus Deinem Brief hervorgeht, ganz ausgiebig. Das mit den Dreher-Aktien stimmt; doch hat diese, soviel ich weiß, schon der alte Anton Dreher ausgegeben, und sie wurden nur hintnach in der Familie verteilt. Übrigens wird in der ‚Strudlhofstiege', Seite 68, die Firma Dreher gar nicht namentlich genannt.

Merkwürdig ist, daß Du meinen einstmaligen Verleger Frederick Ungar getroffen hast. Natürlich erinnere ich mich ganz genau an ihn. Nebenbei: es würde mich ganz außerordentlich freuen, wenn Du seinen Antrag annehmen und den großen Artikel über die österreichische Literatur im Herderschen Lexikon verfassen würdest. Es freut mich sehr zu hören, daß mein einstmaliger Verleger in den USA sich durchgesetzt hat und lebhaft tätig ist.

Den Gadda habe ich noch nicht gelesen. Ich werde mich nach einer Übersetzung umsehen. Das Zitat Albérès hat mich lebhaft interessiert.

Mienzi und ich grüßen Dich und Astrid auf das innigste.

Stets Dein Heimito

ps
Die Wut des Zeitalters ist tief. ‚Cro-Magnon 65' ein herrlicher Beleg. Hier sende ich wieder einen – und wieder aus Mexico! ~
Du wirst die Dezembernummer der ‚Cahiers du Sud' (51! Jahrgang) erhalten: darin E. E. Noth u. Rovini (Dämonen-Übersetzer) über mich; sowie meine Athener Rede, franzö-

sisch, wie ich sie gehalten habe. ‚Dämonen' erscheinen Anfang Februar in Paris (Gallimard), die ‚Stiege' ist soeben – sehr schön bei Einaudi, Turin, erschienen. Titel: ‚La Scalinata'

Ivar
Die Wut des Zeitalters ist tief.
Presse Wien 14. XII
Ein Fall von Grundgrimm!

Gläubige zündeten Kirche an

Schlacht in mexikanischem Gotteshaus – mehr als 60 Verletzte

MEXIKO CITY (afp). Im Verlaufe einer „Schlacht" unter Gläubigen, die in der Kirche von Netzahualcoyotl gerade das Fest der Heiligen Jungfrau von Guadelope feierten, wurden kürzlich 66 Personen mehr oder minder schwer und weitere hundert leicht verletzt. Die Kirche selbst ging in Flammen auf.

Der Pfarrer hatte gerade damit begonnen, die Messe zu lesen, als er von Übelkeit befallen wurde. An seine Stelle trat daraufhin ein Mann, der eine Franziskanerkutte trug und sich Pater Lucio Olvea nannte. Er zelebrierte zuerst die Messe, [unleserlich], sodann [unleserlich] vor und schickte sich gerade an, die Feier fortzusetzen, als einer der Gläubigen plötzlich ausrief: „Der Mann ist gar kein Geistlicher".

Im selben Augenblick brach ein ungeheurer Tumult aus. Die 2000 teils in dem Gebäude, teils vor dem Kirchentor versammelten Gläubigen gerieten einander in die Haare, es kam zu einem Handgemenge, das allmählich in mit Stöcken, Steinen und anderen gerade greifbaren Gegenständen ausgefochtet[!]e Kämpfe ausartete. Als die Polizei am Kampfplatz erschien, stand die Kirche bereits in Flammen. Pater Olvera konnte von der Polizei mit knapper Not davor bewahrt werden, von der Menge gelyncht zu werden.

Als nach etwa einer Stunde die Ruhe wiederhergestellt wurde, brannte die Kirche noch immer, während auf dem Kirchplatz die Leichtverletzten verbunden und die Schwerverletzten mit Krankenwagen ins Spital geschafft wurden.

42

Wien, 11. Februar 1965

Mein lieber Ivar!
Herzlichen Dank für Deinen Brief vom 7. Februar*. Vor allem freue ich mich, dass Du dem Wunsch meines einstmaligen Verlegers, des Herrn Frederick Ungar, nachgekommen bist und den grossen Österreich-Artikel für das Herder-Lexikon schreiben willst. Ich bin hocherfreut diese Sache in Deinen Händen zu wissen.

Zu Deiner Kritik der Tangenten fürs Forum: Was sollte es hier von meiner Seite für einen Einwand geben?! (Auch habe ich nichts Faktisches zu berichtigen). Ich finde diese Besprechung ganz großartig, und besonders gut gefällt mir der Einbau zahlreicher Zitate an den richtigen Stellen. Wahrhaftig, gegen diese ausgezeichnete Arbeit – als Plage genommen ein richtiger Flohzirkus! – gibt es keinerlei Einwand.

Dem Friedrich Torberg möchte ich jedoch in eigener Sache keine Andeutung machen, dass er Kürzungen vermeiden möge: ich bin übrigens selbst überzeugt, dass er Deinen Text sicher ungekürzt drucken wird.

Es wäre etwas anderes auch angesichts der Qualität dieses Textes schwer verständlich!

Bernard Shaw hat einmal geäussert, dass nur derjenige wirklich berühmt sei, dem man witzige Aussprüche in den Mund lege, die er gar niemals getan hat. Nun, das ist mir wiederholt passiert, zuletzt zweimal in der „Welt“ (Hamburg) von Seiten einer sogenannten Calumnistin.

Dass aber in einem Sammelbande von Rezensionen in Deutschland ein Buch von mir ausführlich besprochen wird, das ich nie geschrieben habe, ist neu. Der Verfasser ist ein alter Linksintellektueller, um nicht zu sagen Kommunist, und verwechselt mich offenbar mit dem Lernet-Holenia. Die Absicht der Sache ist durchsichtig, nämlich meinen Verleger und mich lächerlich zu machen.

Ich lege diesem Briefe, ausser dem zuletzt besprochenen Specimen, noch einen Ausschnitt bei, der die tiefe Wut des Zeitalters sehr schön illustriert, diesmal jedoch ohne Tote und Schwerverletzte.

Mienzi grüßt Astrid und Dich innigst. Sei herzlich umarmt!

Heimito

* (heute eingelangt)

Ivar
Die Wut des Zeitalters ist tief.
Kurier, Wien
Do. 4. Febr. 65
Abschiedsfeier ...
Wien. – Das war eine Abschiedsfeier, woran die Leitung des Flüchtlingslagers Traiskrichen noch lange zurückdenken wird. Eine Gruppe von Flüchtlingen hatte nämlich vor einigen Tagen die Nachricht bekommen, daß ihrer Ausreise nach Australien nichts mehr im Wege stünde, auch die Visa waren bereits eingelangt. Daraufhin beschloß die Gruppe ein Abschiedsfest zu inszenieren. So weit, so gut. Am Höhepunkt der Feier wurden allerdings sämtliche Teilnehmer von maßloser Zerstörungswut ergriffen. Sämtliche in ihren Räumen stehenden Kästen und Tische wurden zu Kleinholz zertrümmert, die Fenster ihrer Baracken zerschlagen und Hunderte Flaschen als Wurfgeschosse an die Wand geschleudert. In den Morgenstunden glich der „Festraum“ einem Schlachtfeld. Noch bevor die entsprechenden Erhebungen über die Übel-

täter angestellt werden konnten, waren diese im Flugzeug schon unterwegs nach dem fünften Kontinent.

Kritik von Hans Reimann über ein (gar nicht erschienenes) Buch von Heimito von Doderer: „A Z A" .

Mit dem kontrapunktisch Historisches mit Amourösem amalgamierenden Roman „A Z A" (Biederstein Verlag) den er im Beginn des XVIII. Jahrhunderts angesiedelt hat, tritt ein Stück Österreich vor uns hin, dessen Intimsphäre wohl noch nie in ähnlicher Transparenz aufgedeutet wurde. Heimito von Doderer modelliert eine Siebzehnjährige und drei männliche Drillinge, deren ersten im ungarischen Aufstand das Zeitliche gesegnet wurde, indes der zweite, infolge eines diffizilen Bandscheibenschadens lazarettdienstfähig, der Garnison verhaftet blieb. Der dritte hingegen sah sich vom Schicksal gezwungen, an den Rollstuhl gefesselt zu sein, ohne denselben verlassen zu dürfen. Das brüderliche Kleeblatt, gleicherweise erotisch entzündet, geriet in Azas siebzehnjährige Fänge, um sich tiefer und tiefer in Amors Bande zu verstrikken. Nicht verlegen um einen Ausweg aus der prekären Situation, meldete das couragierte Mädel sich zum Heeresdienst, trat als Cornet in denselben ein, ward zum Fähnrich befördert, fiel fahnenschwingend an Prinz Eugens Seite an der Tete einer attackierenden Escadron 1717 bei der Eroberung Belgrads, stets nach vorwärts, keine Sekunde nach rückwärts gewendet und löste auf heroische Manier das Liebesdilemma, das den an den Rollstuhl gefesselten Freier am härtesten traf. Doderers handwerkliches Können ist ein hervorragendes, fast will es scheinen, derselbe habe allen Impetus auf jene gloriosen Tage abgezielt.

aus der 13. Literazzia
von Hans Reimann (1964)

Heimito von Doderers Werke in Buchform

Die Bibliographie der Erstausgaben folgt Dietrich Weber: Heimito von Doderer, München: C.H. Beck 1987, S. 138f. Sie wurde für den vorliegenden Band aktualisiert.

1923 Gassen und Landschaft [Gedichte]. Wien: Haybach Verlag.

1924 Die Bresche. Ein Vorgang in vierundzwanzig Stunden. Wien: Haybach Verlag. [Mit Illustrationen von Erwin Lang.]

1930 Das Geheimnis des Reichs. Roman. Wien: Saturn-Verlag. [Auf dem Umschlag: „Roman aus dem russischen Bürgerkrieg".]

1930 Der Fall Gütersloh. Ein Schicksal und seine Deutung [Essay]. Wien: Haybach Verlag. [Neuausgabe mit einer neuen Vorrede 1960: München: Biederstein Verlag.]

1938 Ein Mord den jeder begeht. Roman. München: C. H. Beck'sche Verlagsbuchhandlung. [Neuausgabe 1958: Ein Mord den jeder begeht. Roman. München: Biederstein Verlag.]

1940 Ein Umweg. Roman. München: C.H. Beck'sche Verlagsbuchhandlung. [3. Auflage 1950. München: Biederstein Verlag.]

1951 Die erleuchteten Fenster oder Die Menschwerdung des Amtsrates Julius Zihal. Roman. München: Biederstein Verlag. [cop. 1950.]

1951 Die Strudlhofstiege oder Melzer und die Tiefe der Jahre. Roman. München: Biederstein Verlag.

1953 Das letzte Abenteuer. Erzählung. Mit einem autobiographischen Nachwort. Stuttgart: Reclam Verlag.

1956 Die Dämonen. Nach der Chronik des Sektionsrates Geyrenhoff. Roman. München: Biederstein Verlag.

1957 Ein Weg im Dunkeln. Gedichte und epigrammatische Verse. München: Biederstein Verlag.

1958 Die Posaunen von Jericho. Neues Divertimento. Zürich: Die Kleinen Bücher der Arche.

1959 Grundlagen und Funktion des Romans [Essay]. Nürnberg: Glock und Lutz Verlag.

1959 Die Peinigung der Lederbeutelchen. Erzählungen. München: Biederstein Verlag.

1962 Die Merowinger oder Die totale Familie. Roman. München: Biederstein Verlag.

1963 Roman No 7/I. Teil: Die Wasserfälle von Slunj. München: Biederstein Verlag.

1964 Tangenten. Tagebuch eines Schriftstellers 1940–1950. München: Biederstein Verlag.

1966 Unter schwarzen Sternen. Erzählungen. München: Biederstein Verlag.

1966 Meine neunzehn Lebensläufe und neun andere Geschichten. München: Biederstein Verlag. [Zum 70. Geburtstag des Autors. Mit 19 Fotos und einer Schallplatte.]

1967 Roman No 7/II. Teil: Der Grenzwald. Fragment. München: Biederstein Verlag. [Mit einem Nachwort von Dietrich Weber.]

1968 Frühe Prosa. Die Bresche – Jutta Bamberger – das Geheimnis des Reichs. Herausgegeben und mit einem Nachwort versehen von Hans Flesch-Brunningen. München: Biederstein Verlag. [Um „Die sibirische Klarheit, Texte aus der Gefangenschaft“ erweiterte Neuausgabe, herausgegeben von Hans Flesch-Brunningen, Martin Loew-Cadonna und Wendelin Schmidt-Dengler. München: C. H. Beck 1995.]

1969 Repertorium. Ein Begreifbuch von höheren und niederen Lebens-Sachen. Herausgegeben von Dietrich Weber. München: Biederstein Verlag.

1970 Die Wiederkehr der Drachen. Aufsätze, Traktate, Reden. Herausgegeben von Wendelin Schmidt-Dengler. Mit einem Vorwort von Wolfgang H. Fleischer. München: Biederstein Verlag.

1972 Die Erzählungen. Herausgegeben von Wendelin Schmidt-Dengler. München: Biederstein Verlag. [Erweiterte Neuausgabe. München: C. H. Beck 1995.]

1976 Commentarii 1951 bis 1956. Tagebücher aus dem Nachlaß. Herausgegeben von Wendelin Schmidt-Dengler. München: Biederstein Verlag.

1986 Commentarii 1957 bis 1966. Tagebücher aus dem Nachlaß. Zweiter Band. Herausgegeben von Wendelin Schmidt-Dengler. München: Biederstein Verlag.

1986 Heimito von Doderer – Albert Paris Gütersloh: Briefwechsel 1928–1962. Herausgegeben von Reinhold Treml. München: Biederstein Verlag.

1991 Die sibirische Klarheit. Texte aus der Gefangenschaft. Herausgegeben von Wendelin Schmidt-Dengler und Martin Loew-Cadonna. München: Biederstein Verlag. [Mit 8 Abbildungen nach Werken von Rudolf Haybach und Erwin Lang.]

1995 Das erzählerische Werk. In neun Leinenbänden. München: C. H. Beck.

1996 Tagebücher 1920–1939. München: C. H. Beck. [In Vorbereitung.]